Im Land des Klangzaubers

verlag peter hess

Impressum

© Verlag Peter Hess, 1. Auflage: 2006
  2. überarbeitete Auflage: 2013

Alle Rechte beim Verlag.

Nachdruck – auch auszugsweise – nur mit Genehmigung des Verlags.

ISBN 978-3-938263-06-8

Lektorat: Petra Brennecke

Satzkorrektur: Ursel Mathew

Illustration: Cover und Innenteil: Anna Rose Avramidis

Layout: Sandra Lorenz

Druck: Erhardi Druck GmbH, Regensburg

Im Land des Klangzaubers

Eine Sammlung von heiteren, nachdenklichen, märchenhaften
Kurzgeschichten inspiriert durch die Klänge von Klangschalen.

Martina Jaekel

verlag peter hess

Inhalt

Wie die Klangschalen
aus dem Berg kamen

Der Geröllschaufler verfügte über weit reichende Ländereien und Besitztümer; endlose Gänge, hallenartige Höhlen, dämmerige Mauernischen, verborgene Torflügel, Schatzkammern, Bergwerke und tiefe Seen. Der Geröllschaufler konnte mit Fug und Recht als reich bezeichnet werden - und als außergewöhnlich. Denn sein unbeleuchtetes Paradies war unterirdisch; um es genau zu bezeichnen: Es lag hundert Pfoten unterhalb des Meeresspiegels. Der Besitzer selbst zeigte den wenigen Besuchern, die sich durch Zufall oder Fehltritte verirrten und planlos durch die Gänge tappten, seinen makellosen Stammbaum. Aus dem zusammengewürfelten Bauplan der Natur, dem Gemisch von Maulwurf, Regenwurm, Salamander und Wurzelwerk entsprang der Geröllschaufler! Ein dachsgroßes Pelztier mit riesigen, zupackenden und ehrlichen Grabepfoten, gutmütigen Augen, die er meistens wegen der staubigen Arbeit unter Tage halb geschlossen hielt, und einer ständig witternden, zitternden, erdbraunen Rüsselnase sowie aufgerichtete, an Filtertüten erinnernde Ohren. Das Fell des Schauflers belebte ein kühnes Muster aus dem fahlen Grau der in Dunkelheit lebenden Tiere und dem flockigen Schatten des Staubes, der durch fast jede Ritze im Gestein rieselte. Ja, der Staub, der lautlos durch die dünne Luft wirbelte und der sich beharrlich an sein Fell klammerte, obwohl der Geröllschaufler jeden Abend nach getaner Arbeit seine Schutzkleidung ablegte und in den unterirdischen Badesee sprang. Der Geröllschaufler werkelte ohne Unterlass und er beklagte sich nie. Zwischen den bizarren

Gebilden der Tropfsteine bewohnte er ein behagliches Höhleneck mit dem, was das Herz eines Schauflers begehrte; zweckmäßig möbliert, die Speisekammer gut bestückt, die Bettdecke aus Flechten, und über dem Tisch ein matt baumelndes Phosphorlämpchen.

Frühmorgens, wenn er meinte, dass es morgens sein müsste, weil ihm schließlich nur seine innere Uhr blieb, rüstete er sich für sein Tagwerk. Er packte seine Grubenlampe, die Spitzhacke, die Schutzbrille und das Leiterwägelchen zusammen; und zog ein paar Gänge weiter bis zu seinem Bergwerk. Dort grub und hämmerte er unermüdlich, um dem Felsen seine Schätze abzuringen. Den kühlen Bergkristall, den violetten Amethyst, den blutroten Granat. Aber immer nur so viel, wie er zum Bestreiten seiner Lebenshaltungskosten benötigte. Der Geröllschaufler war ein gutmütiges Tier, und er war der Letzte, der den Berg, der ihn beherbergte, aushöhlen würde. Die Kristalle, die er mühsam zu Tage förderte, packte er in ein Rupfen-Säckchen und kletterte jeden Freitag an die Oberfläche, um mit den schlauen Raben Geschäfte abzuschließen. Oft war er des Feilschens müde, doch wenn er nicht achtgab, hauten die Raben jeden Händler und Gräber schamlos über das Ohr. Mit seinen eingetauschten Waren wie Nüssen, Beeren, Kerzenstummeln und Sahnebonbons kehrte der Geröllschaufler heim in seine gemütliche Tropfsteinhöhle. Er kannte keinen Morgen und keinen Abend, keinen Tag und keine Nacht. Er kannte keinen Sommer und keinen Winter, keine Sonne und keinen Mond. Und weil er dieses alles nicht kannte, vermisste er es nicht. Begehrlichkeiten werden erst dann geweckt, wenn man von den vermeintlichen Freuden des Lebens gekostet hat. Seine kurzen Tauschaktionen mit den Raben fanden im Dämmerlicht statt, im Schutze der alten Hainbuche. Also, wie sollte der Geröllschaufler den restlichen Teil der Welt kennen lernen? Aber nicht umsonst hatte ihn die Natur mit solch lebhaften Ohren ausgestattet, die zwar beim

Graben äußerst hinderlich waren, doch ein Segen, wenn es galt, die kleinste Erschütterung aufzuspüren.

Es kam, wie es kommen sollte: An einem Freitag schleppte der Geröllschaufler sein Beutelchen an die Erdoberfläche; heute mit einer außergewöhnlich schönen Quarzrose, die in dem Granit des Felsmassives ihre Knospen sprießen ließ. Fast bedauerte der Geröllschaufler, diese Rose zu brechen, aber seine Vorräte gingen zur Neige, die Tropfsteine machten ihn nicht satt! Die Raben ließen sich ihre freudige Erregung ob der Quarzrose nicht anmerken, um den Preis möglichst gering zu halten. Aber der Geröllschaufler wusste um ihren Wert und feilschte wie ein abgebrühter Händler! Er ließ die Raben in dem Safte ihrer Gier schmoren und zappeln, bis sie in den sehr humanen Preis einwilligten. In dem Moment, in dem der Handel per Pfoten- und Flügelschlag besiegelt wurde, erscholl aus der höchsten Spitze der Bergkiefer ein Lied. So schwermütig und klar, so wundersam zu Herzen gehend. Die Raben flogen mit ihrem Kauf von dannen, der Geröllschaufler setzte sich andächtig neben den Höhleneingang und zwinkerte nach oben. Seine an die totale Dunkelheit gewöhnten Augen strengten sich, selbst in dem Dämmerlicht tränend, vergeblich an. Sein fahles Fellchen, nicht für Sonne und Wärme geschaffen, sträubte sich protestierend in dem frischen Windhauch, der auch das Lied aus der Kiefer durch die Lüfte wehen ließ. Der Geröllschaufler räusperte sich und wollte ein höfliches: »Hallo, wer ist dort?« zu der Kiefernspitze rufen. Heraus kam nur ein krächzendes »Hallo«, denn er war es nicht gewohnt, rege Gespräche zu betreiben.
Dennoch musste er offensichtlich Gehör gefunden haben, denn die Sängerin schwebte einen Ast tiefer und gab sich als Tannenamsel aus, bekannt für ihren anrührenden, bewegenden Abendgesang aus Abschied und Nachtruhe. Sie wunderte sich über den krächzenden,

staubigen, doch nicht ganz unsympathischen Pelzkringel, dem die Ohren schier aus dem Kopfe wuchsen!

So machten sich der Geröllschaufler und die Tannenamsel miteinander bekannt.

Er kramte in seinem Beutelchen einen Smaragdsplitter hervor, den er ihr sozusagen als Zugabe überreichen wollte. Dafür sollte sie bitte noch ein weiteres Lied anstimmen.

Die Tannenamsel lehnte dankend ab, sie sang nicht gegen Entgelt, sehr wohl aber für eine ehrliche Bitte!

Sie sang dem glücklichen Geröllschaufler Lied um Lied, bis sie ermüdet innehielt und den nicht enden wollenden Applaus ihres ungewöhnlichen Zuhörers in Empfang nahm. Er, der ungeübt im Sprechen war, konnte dafür umso besser klatschen! Sie verabschiedeten sich und kamen überein, am folgenden Freitag einen neuerlichen Gesangsabend zu planen. Die Tannenamsel flog fort zu ihrem Schlafnest und der Geröllschaufler öffnete die Pforte zu seinem unterirdischen Reich. Hier verschluckte ihn die Dunkelheit - und die Stille! Er, der nie zuvor einem Lied lauschte, der niemals die Stimmen der Welt vernahm, ihr Flüstern, ihr Rufen, ihr Summen, ihr Klingen, ihm lastete nun die Stille wie ein Gesteinsbrocken auf den Ohren, die vergeblich auf Töne und Vibrationen achteten. Doch außer dem gelegentlichen Knacken arbeitender Baumwurzeln, dem steten Tropfen des Grundwassers und dem Ächzen des Berges blieb es ganz still in seiner Welt unter Tage.

Der Geröllschaufler klatschte in die Pfoten, er hustete, er stampfte mit seinen vier Beinen auf, er rief in die Dunkelheit hinein. Das ferne Echo wurde sofort von dem unbeirrbaren Mantel der Erde aufgefangen und verschluckt. Zum ersten Mal in seinem Leben vermisste der Geröllschaufler etwas, nämlich das Lied der Tannenamsel, die friedfertigen, warmen Töne, die sich längst einen Platz in seinem Herzen erobert hatten. Von da an bekam sein Dasein ein eiliges Tempo.

Er konnte es kaum erwarten, bis es wieder Freitag war, bis er seine Geschäfte abwickelte und schon lange vor der Tannenamsel auf dem Platz unter der Kiefer hockte, ungeachtet von Wind und Wetter! So kam es, dass der Geröllschaufler nach und nach einen leichten Sonnenbrand bekam, Sommersprossen auf der Nase und die Leichtigkeit der Seele, wenn sie im Gleichklang mit der Musik schwingen kann. Ganz zu schweigen von dem Mut, die Tannenamsel anzusprechen, ob sie ihm einmal einen Besuch unter Tage abstatten wollte.

Ja, das wollte sie gerne, und der Geröllschaufler leitete sie mit sämtlichen ihr zur Verfügung stehenden Achtsamkeit in die Tiefen seiner unterirdischen Heimat. Nachdem sich die Augen der Tannenamsel an die Dunkelheit gewöhnt hatten, konnte sie die Schönheiten der Erde genießen, die da verborgen unter ihren Füßchen ihren ganz eigenen Rhythmus verfolgten. Sie betastete ehrfürchtig die Säulen der Tropfsteine, die geheimnisvoll schillernden Antlitze der Edelsteine und sie pickte übermütig gegen die Metalladern, die sich wie ein Netzwerk über den Leib des Berges zogen. Der Geröllschaufler betrachtete glückstrunken seine neue Freundin und stutzte!

»Bitte, wiederhole das noch einmal!«, bat er die Tannenamsel und sie tat, wie ihr geheißen. Taktvoll veranlagt, wie sie war, pickte sie im Wechsel gegen die Metalladern und kurz darauf füllte sich die Stille mit Tönen und Klängen, die silberhell und goldklar aus dem Felsen drangen! Kristallrein jubilierten, brillierten, verliehen sie der Stille in den Tiefen endlich eine Stimme! Der Fortgang der Geschichte war nur noch eine Frage der Umsetzung und des Geschicks des Geröllschauflers als Schmied. Nachdem er mit Hilfe der Tannenamsel genügend Erz mit dem tönenden Innenleben gewonnen hatte, trugen sie es gemeinsam zu dem Köhlermeiler im Walde und ließen es schmelzen. Das bronzen schimmernde Süppchen brodelte munter in seinem Kessel, wurde in Formen gegossen und erstarrte. Die Pfoten des Geröllschauflers waren groß genug, um im Bergwerk zu arbeiten.

Und feinfühlig genug, um mit genauen Hammerschlägen eine Schale aus dem Metall zu treiben. Zwischenzeitlich pickte die Tannenamsel mit ihrem Schnabel gegen die Schale, um sie tongenau abzustimmen. Sie schafften es!

Nach stundenlangen Bemühungen stand die erste Klangschale vor ihnen!

Die Tannenamsel sang ihr Abendlied, der Geröllschaufler begleitete sie mit den Tönen und Klängen der Schale aus seinem Berg! Später erzählte man sich, dass selbst die unzufriedenen Raben im Geld zählen innehielten, um den Klängen zu lauschen. Von da an stand der Herstellung der Klangschalen nichts mehr im Wege! Aus dem Geröllschaufler und der Tannenamsel wurden Partner, mehr noch, sie wurden Freunde. Die Stille unter der Erde war nicht länger Einsamkeit, sondern die köstliche Pause zwischen den Klängen und Tönen, wenn man seinen Gedanken nachhängt und dem Traum die Hand reicht. Die Klangschalen von Geröllschaufler und Tannenamsel fanden ihren Weg in die ganze Welt. Doch die allererste Schale, sie befindet sich bis heute in der gemütlichen Tropfsteinhöhle; klingt und vibriert, wenn die Freunde eifrig ihre Köpfe über neuen Ideen zusammenstecken. Und wenn die Klangschale tönt und klingt, dann ist das der Grund, so sagt man jedenfalls, dass die Blumen beim Wachsen leise lächeln.

Die Klangpost
ist da

Minheer Tulip war verhältnismäßig klein; wenn ihr es genau wissen wollt, er war nicht größer als ein Ringfinger. Bei voll aufgerichteter Höhe maß er eine Handbreit von den Hinterbeinen bis zu dem krausen Schopf vorwitziger Borsten zwischen seinen Knickohren. Immerhin, für ein Zwergbergschweinchen hatte Minheer Tulip die größtmögliche Größe erreicht. Und, bei allem Respekt, er arbeitete wie ein ganz Großer! Seine Eltern bereisten als sehr junge Schweinchen die ganze Welt, um sich am Ende der Reise zu entscheiden, wo sie für die folgenden und noch mehr Jahre ihres Lebens verweilen wollten. Ursprünglich stammten sie aus den Kieferwäldern der Gletscheralpen, wo sie als Zwergbergschweinchen in den Sommermonaten zwischen Enzian und Kiefernzapfen ein genussvolles Dasein führten.

Wenn nur nicht die strengen, bitteren Winter ihren Tribut gezollt hätten, mit Kälte, Hunger und eisigen Winden. Da beschlossen die jungen Eltern, ihr Bündel zu schnüren; das heißt, noch waren sie keine Eltern, sie wollten jedoch ihrem Nachwuchs eine wirtlichere Stätte suchen. Nach langen, anstrengenden und abenteuerlichen Reisen verschlug es sie in ein Land mit Meer und Blütenmeer, in dem die Wellen hinter den Deichen am Strand plätscherten und sich Tulpenfelder um die besten Sonnenplätze drängten. Hier gruben sie ihre Wohnhöhle und gruben weiter als Tulpenzwiebelsetzer. Bald darauf wurde ihr Kind geboren, Minheer Tulip. Weil nun das Geld für zwei ausreichte und für drei knapp wurde, beschloss Vater Tulip, den

Rüssel nach neuen Geschäftsideen auszustrecken und erfuhr von der Schneckenpost, die der ursprüngliche Besitzer aus Altersgründen nicht mehr betreiben konnte. Da sich Junior Tulip vorzüglich entwikkelte, wie es bei einem Zwergbergschweinchen nur sein kann, stieg er bald darauf bei seinem Vater als Teilhaber in den Betrieb ein. Durch ein geschicktes Pfötchen und einen aufmerksamen Riecher für günstige Gelegenheiten hatte Minheer Tulip den Schneckenpost-Stall beträchtlich erweitert. Im Gegensatz zu den Mitbewerbern arbeitete Familie Tulip nicht in einem Gewächshaus, sondern als Feldpost-Unternehmen! Diese Poststation stand zwischen den Tulpen unter freiem Himmel. Als die Eltern Tulip verfolgten, wie reibungslos der Ablauf unter Juniors fachkundigem Rüssel gedieh, begaben sie sich wieder auf Weltreise. Und es galt, dieses Mal die Freuden ihres Lebensabends zu finden. Minheer Tulip verwaltete den elterlichen Betrieb mit Sachverstand und besonnener Schweinchenpfote. Deshalb hatte sich die Zuverlässigkeit bei der Beförderung und Zustellung der Sendungen aller Art rasch herumgesprochen. Die Leute nahmen vermehrt seine Schneckenpost in Anspruch, die Schwalbe, die ein Päckchen mit Sommerbekleidung aufgab, um für den Rückflug gen Süden die Flügel frei zu haben. Eine Hummel, die ihrem Enkel ein Töpfchen Honig schickte. Die Nachtigall, die vor Konzerten ihre Noten an Ort und Stelle wissen wollte. Der Uhu, der seiner Angebeteten ein Haselsträußchen zukommen ließ. Ach, die Liste der Waren, Briefe, Pakete, sie war unendlich lang! Dennoch ließ Minheer Tulip nie ein Wort des Unmutes verlauten! Von morgens bis abends sortierte und stapelte er, frankierte, schnürte und wog selbst das kleinste, das größte, das denkbarste Briefchen und Päckchen aus. Zum Schluss stempelte er jede Sendung persönlich ab! Mit dem Tulpenstempel der Tulipschen Schneckenpost. Dann öffnete er die Torflügel der lichtdurchfluteten Posthalle, in der die Schneckenboten rund um die Uhr im Schichtdienst auf ihre Aufträge warteten. Auch hier legte Minheer Tulip eigenpfotig Wert auf persönliche Kontrolle. Die Schneckenpost beschäftigte die Eilpost-Schnecke für rascheste Zustellung, die Fracht-Schnecke für sperrige Güter, die Bummelbrief-Schnecke für den kleinen Schriftverkehr und die Päckchen-Schnecke, die sich um die winzigen Kartons kümmerte. Sie arbeiteten gerne für Minheer Tulip, er sorgte gut für sie und entlohnte sie fürstlich. Zudem gönnte er ihnen jedes Jahr zu Weihnachten einen neuen Hausanstrich. Stolz trugen sie das Firmenzeichen der Schneckenpost auf ihren Häuschen, eine kleine Schnecke auf roter Tulpe, dazu im Hintergrund, in Pastell, Minheer Tulip. Damals, da schrieben sich die Leute gerne Briefe und erhielten sie auch mit Freude. Sie schickten sich gerne Päckchen und nahmen sie in Empfang. Die zuverlässige Schneckenpost war zwar langsam, aber die Vorfreude auf liebe Briefe und Zustellungen wog die Zeit auf. Was war schon eine Woche, wenn man wusste, dass es bald darauf an der Türe klingelte und der frohe Ruf erscholl: »Hurra, die Schneckenpost ist da!« Gedanken flossen durch Geist, Hand und Tinte in unvergänglichen Worten auf das Papier. Geschenke wurden in stiller Liebe ausgewählt, in Wünsche gewickelt und auf den Weg gebracht. Die Schneckenpost kroch unermüdlich ihre Touren und nie ging auch nur ein Buchstabe, ein Krümelchen unterwegs verloren!

Eines Morgens erschien bei Minheer Tulip ein fremdländisch anmutender Herr mit lackschwarzem Haar, grob gewebtem Wollumhang und Fellstiefeln. Er vergewisserte sich, dass er tatsächlich Minheer Tulips Schneckenpost entdeckt hatte und zog sodann ein sorgfältig verschnürtes Päckchen hervor. Der Mann stellte sich als »Herr Kumyam« vor und schien sich in einer misslichen Lage zu befinden. Seine Schüler im weit, weit entfernten Land der Lotusblüte warteten seit Monaten auf ein Lebenszeichen ihres Meisters. Herr Kumyam war ausgezogen, um den Kiesel des Lächelns zu finden. Er hatte ihn auch entdeckt und wollte ihn, bevor er die Rückreise antrat, seinen wartenden Schülern schicken. Da der Kiesel von unschätzbarem Wert war, schien die zuverlässige Schneckenpost von Minheer Tulip die einzige Möglichkeit der Beförderung zu sein! Das Zwergbergschweinchen beruhigte den aufgeregten Herrn Kumyam und sattelte unverzüglich die Fernfracht-Schnecke. Minheer Tulip verstaute den Kiesel des Lächelns unter dem gepolsterten Schneckenhäuschen, gab eine Extra-Ration Futter und gute Ratschläge mit, und ab kroch die Reise!

In der Zwischenzeit, bis die Rückantwort eintraf, sollte Herr Kumyam Minheer Tulips geschätzter Gast sein! Nach einigen Monaten traf die Fernfrachtschnecke wieder ein, im Häuschen einen Brief aus feinstem, hauchdünnen Reispapier. Die Schüler bestätigten überglücklich die Nachricht ihres Meisters. Ja, sie hatten den Kiesel erhalten und warteten auf die Rückkehr von Herrn Kumyam! Da zückte der seine Geldbörse und legte Minheer Tulip eine Handvoll winziger Schalen auf den Tisch. Er tippte sie mit dem Finger an und sofort füllte sich die Posthalle mit herrlichen Klängen und Tönen! Herr Kumyam erklärte, dass es sich um Klangschalen handele und sie eines Tages Minheer Tulip unschätzbare Dienste erweisen sollten! Herr Kumyam bedankte sich für die Gastfreundschaft und den zuverlässigen Transport, strich den winzigen Schalen liebevoll über die metallenen Köpfchen - und verschwand so lautlos, wie er gekommen war!

Minheer Tulip freute sich über die Klangschälchen, obwohl er noch nicht recht wusste, wozu sie dienlich sein könnten! Er stellte sie in die Vitrine seines Wohnzimmers und widmete sich den Geschäften, die jedoch durch die zunehmende Eile der Zeit mehr schlecht als recht liefen.

Plötzlich musste es schnell gehen, die Leute hetzten der Zeit hinter-

her. Die Schwalbe wollte ihre Sommerware von jetzt auf gleich schicken. Der Hummel-Enkel drängelte, weil ihm die Honiglieferung zu lange dauerte. Die Nachtigall häufte ihre Konzerttermine und die Freundin des Uhus bemängelte, dass die Haselsträußchen nicht mehr schnittfrisch seien. Ja, plötzlich war die Zeit knapp, und je mehr die Leute hetzten und sie einzufangen versuchten, desto schneller rannte sie vor ihnen her! Traurig musste Minheer Tulip verfolgen, wie in der Nachbarschaft des Tulpenfeldes ein Mitbewerber eine Poststation mit Windhunden ins Leben rief.

Flugs wechselten die bis dahin treuen und zufriedenen Kunden zu der Windhundpost. Wie schnell war sie jetzt! Leider auch schnell bei der Annahme und Auslieferung. Briefe gingen verloren, Päckchen zu Bruch und Frachten verdarben im Fahrtwind. Die Leute erhielten im Eiltempo ihre lieben Grüße, lasen sie im Eiltempo, hatten keine Zeit, sie zu beantworten und erst recht keine Zeit, selbst wieder einmal zur Feder zu greifen. Und eben diese Zeit spielte eine Rolle, als die Windhundpost mangels Aufträgen ihren Betrieb einstellen musste!

Minheer Tulip hielt sich mit Aushilfsaufträgen über Wasser. In seiner reichlich freien Zeit putzte er Staub und dabei fielen ihm die winzigen Klangschalen ein! Er schloss die Vitrine auf und nahm sie heraus. Sie schimmerten im Licht und klangen in den stillen Nachmittag. Da kam Minheer Tulip der Herr Kumyam in den Sinn und seine Aussage, dass die Klangschalen eines Tages wertvolle Dienste leisten sollten! Gut, dass Minheer Tulip ein findiges Zwergbergschweinchen war! Er rief seine Postschnecken zusammen und erklärte ihnen sein Vorhaben. Kurz darauf balancierte jede Schnecke eine von den winzigen Klangschalen auf ihren Schultern, genau zwischen Kopf und Schneckenhäuschen.

In breit gefächerter Formation krochen sie los, in die Stadt hinein, dort, wo sich die Leute in ihrer Hast und Eile beschimpften, bedrängten und sich gegenseitig das Leben schwer machten. Da schlugen die Schnecken auf ein gemeinsames Zeichen hin mit ihren Fühlern gegen die Klangschalen und im Nu verharrten die Leute in ihrem Tun. Sie lauschten den Tönen und Klängen, die sich gemütlich, geruhsam, ohne Eile, ohne Zeit über den Köpfen der Leute verteilten. Die Klänge hielten die Zeit am Schnürsenkel fest, gaben Raum zum Luftholen und Platz zum Verschnaufen. Klang um Klang legte sich wie eine ruhige Hand über den aufgeregten Herzschlag der Stadt. Ton um Ton knüpfte sich der Mantel aus Besinnung und Besinnlichkeit. Klang um Ton und Ton um Klang schlang sich ein zeitloses Band aus Rast und Ruhe um die Friedlosigkeit der Städter, bis sie sich endlich entspannt in der Mitte des Platzes zusammenfanden. Sie entnahmen den Klangschalen eine Handvoll Muße, einen Umschlag Wartezeit, ein Päckchen voller Stunden, einen Brief mit zeitlosen Gedanken und ein Paket voll unendlicher Träume. Die Schneckenpost mit ihren Klangschalen hatte plötzlich wieder genau so viel und sogar noch mehr zu tun als vor der Entdeckung der mangelnden Zeit!

Minheer Tulip nahm mit Bedacht und Ruhe den Postbetrieb wieder auf. Die Leute standen wartend und geduldig Schlange, um bei der Schneckenklangpost ihre Wünsche aufzugeben, in Empfang zu nehmen und zu versenden. Mit einem offenen Ohr zum Zuhören und der Zeit für das Miteinander. Und mit dem Recht, sich Zeit zu nehmen. Klang für Klang.

So ertönt die Schneckenpost von Minheer Tulip: »Die Klangpost ist da!« Und man sagt, wenn die Schnecken mit ihren Fühlern die Schalen anschlagen, finden diese Briefe immer die richtigen Worte...

Mondschale und Sonnengong

Der Mond empfand es als herbe Ungerechtigkeit: Die Sonne durfte die Geschehnisse der lichten, hellen Welt verfolgen und an ihnen teilnehmen! Ihm hingegen blieben nur die schlafende Dunkelheit, die reglosen Atemzüge der Schlafenden. Er beneidete glühend die goldene Scheibe, die in unfehlbarer Regelmäßigkeits des Morgens ihre beispiellose Laufbahn einschlug. Nein, er konnte noch nicht einmal glühenden Neid äußern, weil er schon längst aus diesem Grunde verblasst war. Die Sonne behielt ihre gewohnte Gestalt: Je nach Tageszeit ein flammender Diskus. Errötendes, jungfräuliches Morgengesicht. Unbezwungenes Strahlenauge. Er, der Mond, er war höheren Mächten unterworfen, an sie gekettet, an ihre Bedürftigkeiten geschmiedet. Ein silberner, pausbäckiger Ball. Eine magere Sichel ohne Schneidekante. Und wenn man ihn besonders sticheln wollte, ließ man ihn kurzerhand hinter den Kulissen des Universums verschwinden. Nein, das war kein würdiges Leben für einen Mond. Ja, er haderte Nacht für Nacht mit seinem Los, das er bestimmt nicht freiwillig aus dem Lotterietopf des großen Urknalles gezogen hatte! Die Sonne focht das wenig an, weshalb sollte das auch der Fall sein? Sie war sich ihrer Aufgabe sehr sicher und eignete sich im Laufe der Jahrtausende eine gewisse Ausstrahlung der Mächtigen an: Sie konnte liebevoll erste Knospen keimen lassen, ließ Saaten vertrocknen, brachte den Schnee mit ihrem warmen Charme zum Schmelzen und verwandelte fruchtbares Ackerland in staubige Wüsten. Den lamentierenden Mond beruhigte sie gönnerhaft im Bewusstsein ihrer Vormachtstellung mit den Worten, dass sie sich immerhin den Ablauf eines Menschentages teilen würden. Dem Mond nagte der Missmut an den Strahlen, ließ ihn schrumpfen - und so hing er schon seit Wochen schlecht gelaunt als untergewichtiges Kommazeichen an dem sternengepflasterten Himmel. In seinem Selbstmitleid vergaß er, dass er der Herr, der Hüter der Sternenschafe war, die seit Anbeginn an seiner Seite arbeiteten und gerne in seinem Dienst standen. Dabei leuchtete ein Schaf besonders hell; es war das erste, das das Nachtlicht anzündete, es war und bleibt der Abendstern. Er verfolgte den Kummer des Mondes, die weit entfernte Majestät der Sonne - und er beschloss, dem Mond zu helfen!

Da der Abendstern keinen genauen Plan in seinen sanften Händen hielt, wanderte er unruhig auf und ab, schaute gelegentlich auf die Erde und verharrte in seiner Bewegung. Vielleicht konnte es dienlich sein, wenn er einen Abend, eine Nacht lang die Erdenbewohner beobachtete und belauschte. Durch seinen günstigen Logenplatz erfreute er sich umfassender Sicht und konnte an mehreren Stellen zugleich auf verschiedenen Kontinenten hinter die Fensternischen der Schlafenden lugen. Und so sah er in den eisigen Weiten der Schneesteppe eine Tigerin mit ihrem Jungen, in der heißen Savanne eine Elefantenkuh mit ihrem Nachwuchs und in den schwindelerregenden Höhen ein Nomadenzelt, welches sich anschmiegte an den höchsten Berg der Erde. Dort brachte eine Menschenmutter ihr Kind zu Bett. Wie ich euch sagte, der Abendstern genoss den besten Ausblick. Und da sein Mond sich wieder einmal dem Kummer über die Benachteiligung hingab, blieb dem Stern genug Zeit. Nach dem Anzünden seiner Positionslämpchen begleitete er die drei jungen Mütter auf dem Weg durch ihre Nacht. Das Tigerjunge rollte sich schnurrend und fauchend mit seinem weichen, runden Bauch über ein Lager aus Tannennadeln. Die Tigerin verpasste ihm mit der mütterlichen Tatze einen Klaps auf das gestreifte Hinterteil, um den kleinen Tiger zur Ruhe zu bewegen. Das hielt ihn nicht davon ab, nach Mutters Schnurrbarthaaren zu greifen, ihr ein Ohr umzuknicken und zu allem Überfluss zwischen den Tannennadeln Verstecken zu spielen. Bei der Elefantenkuh in der Savanne ereignete sich Ähnliches, denn durch die gespeicherte Wärme war an Schlaf nicht zu denken. Die Elefantenzwillinge übten, wie man einen Knoten in die Rüssel bindet, hissten Mutters gewaltige Segelohren als Flagge an ihrem Piratenschiff und stellten ihre Beine als Säulen einer uneinnehmbaren Festung auf. Die Elefantenkuh trompetete erst besänftigend, dann in forderndem Tone und zum Schluss so energisch, dass sich selbst der Abendstern vorsorglich die Ohren zuhielt. Die Zwillinge zeigten sich wenig beeindruckt, sie duckten sich unter dem mütterlichen Rüssel weg und legten sich nur halbherzig und hellwach auf die rote Lehmerde. Ganz anders in dem Zelt am Fuße des Berges!

Die junge Menschenmutter hatte ihr Baby sorgfältig gewaschen, gefüttert und liebkost. Nun lag es satt von Nahrung und Herzenswärme in der schlichten Wiege aus Baumrinde. Die Fäustchen zu rosigen Bällchen geballt, die kohlschwarzen Augen aufmerksam auf die Mutter gerichtet. Und sie öffnete den alten Bambusschrank, holte eine Klangschale hervor und stellte sie dicht an die Wiege. Mit einem Filzklöppel schlug sie die Schale an, wie es schon ihre Mutter und ihre Großmutter vor ihr getan hatten. Zärtlich, beruhigend, besänftigend und unendlich wissend stiegen die Töne aus der Schale empor, verharrten über dem Köpfchen des Kindes, tanzten auf dem Wiegenrand und knüpften eine Schlafdecke aus Klängen und Tönen. Die junge Mutter sang ein Wiegenlied zu den Klangschalenklängen, die Wangen des Babys wurden bald darauf beschattet von den langen, dunklen Wimpern, die sich mit den Lidern über die Augen legten. Mit jedem Klang wurden die Atemzüge des Babys ruhiger, sie wurden tiefer, sie wurden entspannter, bis es ruhig und fest schlief.

Als ob sie spürte, dass sie beobachtet wurde, öffnete die Menschenmutter den Zeltvorhang und trat ins Freie. An den Bergflanken glitzerte frisch gefallener Schnee, ein einsamer Adler flog seine Runden. Und der Abendstern lehnte vornübergebeugt aus einer Wolke, enttäuscht, dass die Mutter den Klöppel aus der Hand gelegt hatte und er nicht mehr den Klängen lauschen durfte!

Die junge Frau winkte ihm zu: »Komm herunter! Sei bitte nur leise, denn mein Kindchen schläft.«

Das ließ sich der Abendstern nicht zweimal sagen! Er rutschte an einem Steilhang des Berges bis vor den Zelteingang und platzte sogleich mit seiner Frage heraus: »Was ist das, worauf du spielst?«

»Wir Menschen nennen es eine Klangschale. Diese hier ist schon sehr alt, meine Großmutter hat meiner Mutter darauf ein Schlaflied gespielt. Meine Mutter spielte für mich zur guten Nacht und eines Tages wird meine Tochter ihrem Kind mit Klängen den Traum begleiten.«

Der Abendstern ließ nicht locker: »Woher kommen die Töne und wo gehen sie hin?«

Die Mutter erklärte ihm, dass die Klänge aus dem Inneren der Schale quellen und ihren Weg unmittelbar in jeden noch so verborgenen Winkel des Körpers finden, um ihn zu berühren, ihn zu bewegen, ungeschützte Stellen einzuhüllen und unsichtbare Wunden mit ihren Tönen zu streicheln. »Außerdem...«, fügte sie lächelnd hinzu, »...findet der ruhelose Geist einen Moment des Atemschöpfens.« Sie strich ihrem Kind zärtlich über die schlafbehauchten Wangen: »Das lässt uns in Frieden schlafen.«

Da erzählte ihr der Abendstern von der Elefantenkuh, der Tigerin, dem Mond und der allmächtigen Sonne. Währenddessen hatte die Menschenmutter die Klangschale vor das Zelt getragen und der Abendstern durfte sie anschlagen. Während er der Schale ihre Töne entlockte, fiel ihm das Reden sehr viel leichter. Er war froh, endlich einmal all das zu berichten, was ihn so sehr bewegte. Er wollte ihnen helfen, den beiden Tiermüttern und seinem armen, unglücklichen Mond!

Die junge Mutter zeigte zum Himmel: »Die Sonne ist und bleibt der Sonnengong. Wenn der Wind morgens die Wolken zur Seite schiebt, wird der Gong angeschlagen. Das ist das Zeichen des Lebens, des sich Erhebens. Des Aufwachens, des Aufstehens. Zeit für einen neuen Tag, eine neue Reise in unserem Leben. Zeit für die reifenden Früchte unserer Erfahrung. Daran wirst du nichts ändern können.«

Der Stern runzelte die Stirne: »Was ist mit deiner Klangschale? Was ist mit dem Schlaf?«

Die Mutter fuhr fort: »Jeder Tag ruft seinen Abend. Jeder Tag ruft seinen Schlaf. Es ist eine Zeit zum Wachen und eine Zeit zum Ruhen. Eine Zeit zum Leben und eine Zeit zum Träumen. Es ist die Zeit deines Mondes.«

Der Stern hob bekümmert seinen Strahlenkranz: »Aber das ist es ja. Das ist meinem Mond zu wenig!«

»Nun, vielleicht erkennt er noch nicht den Wert der Langsamkeit und der Ruhe. Kein Meer ohne Quelle. Kein Sturm ohne Stille. Kein Licht ohne Dunkelheit. Keine Liebe ohne innere Einkehr. Keine Sonne ohne Mond. Kein Sonnengong ohne Mondschale.« Die Mutter reichte dem Abendstern ihre Klangschale und erwiderte schlicht: »Du wirst sie wohl und richtig ihrer Bestimmung zuführen!«

Der Stern kletterte mühsam den Berg empor, von dem er leichtstrahlig herabgerutscht war. Er musste auf den schmalen Pfad achten, und auf die Klangschale unter seinem Arm. Endlich stand er auf dem Gipfel und stieg in das nächste Wolkenschiff, das pünktlich um die Himmelskurve gesegelt kam. Der Abendstern ließ sich auf den Mond zutreiben, der nach wie vor mit schmollenden Mundwinkeln Richtung Osten schaute, wo die bevorzugte Sonne ihren Schlafplatz aufsuchte. Der Abendstern stellte die Klangschale vor dem Mond ab, der an diesem Abend eine müde Krümmung war! Dann schlug der

Stern die Klangschale an. Während die Töne am Nachthimmel glitzerten, packte der Abendstern kurz entschlossen den Mond unter den Achseln und kippte ihn um - so dass er auf dem Rücken lag, die beiden Enden der Sichel links und rechts in die Höhe gereckt. Jetzt sah er aus wie eine Schale, wie eine Mondschale aussehen soll! Der Abendstern schlug sie abwechselnd an, die Klang- und die Mondschale. Da spitzten die Elefantenkinder und das Tigerjunge die Ohren, als die Klangsterne vom Himmel wehten, Ton um Ton und Klang um Klang. Sie schwebten auf die Augen der Tierkinder, auf ihre unruhigen Pfoten, ihre bebenden Nasenspitzen. Sie woben eine Schlafdecke aus Traum und Frieden. Sie hüllten die kleinen Elefanten und den Tiger ein, bis sie sich zufrieden zusammenrollten, aneinanderkuschelten, ihre Atemzüge tiefer und tiefer wurden, bis sie den Rhythmus ihres Schlafes fanden. Der Abendstern spielte auf der Klang- und der Mondschale, bis der Mond seinen Sinn, seinen Zweck fand. Es ist eine Zeit zum Wachen und eine Zeit zum Ruhen. Eine Zeit zum Leben und eine Zeit zum Träumen. Das wusste der Mond nun sehr genau - und er freute sich an dem Anblick der schlafenden, seiner schlafenden Welt!

Eine junge Mutter am Fuß des höchsten Berges der Erde stand vor dem Eingang ihres Zeltes und schaute zum Himmel: »Der Sonnengong für den Tag und den Verstand. Die Mondklangschale für die Nacht und die Seele.« Dabei ist es bis heute geblieben. Solltet ihr die Mondschale zufällig einmal nicht gerade stehen sehen, dann leert der Abendstern sie soeben aus, damit auch der letzte Tropfen Klang zur Erde gelangt. . .

Ein Schälchen
für Mei-Lin

Die Bärenfamilie Yan-Lin hatte sich schon sehr lange ein Kind gewünscht und nun war es endlich an der Zeit! Vor ihnen, in einer Wiege aus Schnee-Lotos, lag ein wolliges, kugelrundes Kerlchen mit Knopfnase und wachen Augen, die ganz genau die unbekannte Welt beobachteten. Mutter Yin-Lin und Vater Yan-Lin wohnten hoch oben und ganz versteckt in dem unwegsamen Gebirge der Bambusfelsen, weit ab von Städten und Menschen. Doch ich versichere euch, sie hatten wie die Menscheneltern mit ihrem Kind alle Pfoten voll zu tun! Mei-Lin war ein friedliches Baby, das von seiner Wiege aus dem Lauf der Wolken nachschaute, dem Flüstern des Windes in den Bambuszweigen lauschte und für sein Bärenleben gerne auf Vaters breitem Rücken Ausflüge in die nähere Umgebung machte. Mutter Yin-Lin verwöhnte ihr Kind, wo es nur möglich war: Erst trug sie den Kleinen lange Zeit an ihrer Brust, später füllte sie eine Nuckelflasche mit süßer Reismilch. Zufrieden rollte sich Mei-Lin über den dichten Moos-Teppich des Bergwaldes und schmatzte lautstark an seinem Fläschchen. Vater Yan-Lin äußerte seine Bedenken, dass dem Jungen durch die Nuckelei schiefe Zähne wachsen könnten; doch er gedieh prächtig. So prächtig, wie ein Kind nur wachsen kann, wenn man es von Herzen lieb hat.

Nach und nach füllte Mutter Bär ihrem Kind Reisbrei in ein Schüsselchen und drückte Mei-Lin einen Holzlöffel in die Pfote. Mit Geduld und einigen Ermahnungen lernte der Kleine, wie man mit Geschirr und Löffel isst. Er schlürfte mit geschürzten Lippen den Brei und es war gut, dass Mutter Yin-Lin ihrem Sohn für den Anfang ein Lätzchen umband! Nun haben es die Natur und die Eltern so eingerichtet, dass man nicht immer klein bleiben kann! Folglich schlug Vater Yan-Lin eines Mittags vor, dass Mei-Lin groß genug wäre, um mit ihnen das gemeinsame Bambussprossen-Mahl zu teilen! Denn, da war der Bärenvater fester Überzeugung, denn nur von Bambussprossen wird ein echter Panda-Bär groß und stark. Also kochte Mutter Yin-Lin die Portion Bambus etwas weicher, füllte sie dem Kleinen in sein Schüsselchen, pustete ein paar Mal darüber und drückte Mei-Lin seinen Holzlöffel in die Pfote. Er schnupperte, rümpfte die Nase, tauchte den Löffel in das Schüsselchen - und spuckte die Bambussprossen dahin zurück, wo sie aufgefüllt waren! Das zog sich über eine Stunde, einen Tag, über eine Woche hin! Der Baby-Bär stampfte zornig mit seinen weichen Tatzen auf den Küchenboden. Er zeterte. Er legte die Stirn in dicke Sorgenfalten. Er weinte. Eigentlich war die Sache sonnenklar: Mei-Lin wollte Reisbrei essen und keine Bambussprossen! Die Sorgenfalten der Eltern wurden noch tiefer als die des Kleinen. Der Vater hieb mit seiner Pranke auf die Tischplatte. Die Mutter schimpfte. Zum Schluss hätten sie fast alle geweint! Aus Trotz. Aus Enttäuschung. Aus Zorn. Aus Ratlosigkeit.

Zu allem Überfluss hatte sich Großmutter Juh-He zu Besuch angemeldet. Sie wollte mit eigenen Augen sehen, wie groß ihr Enkel-Bär schon geworden war. Großmama Juh-He hatte schon viele Monde aufgehen sehen und war eine sehr weise Bärin. Ihr schwarz-weißes Fell war von silbernen Strähnen durchzogen, sie selbst leicht gebeugt. Doch ihr Geist zeigte sich noch immer so wach wie eine Mandelblüte im Frühling. Großmutter Juh-He hatte selbstverständlich für Mei-Lin etwas mitgebracht.

Gespannt saß die Familie um den Tisch herum, als Juh-He in ihrem unergründlichen Reisetäschchen kramte und ein sorgfältig umwickeltes

Päckchen hervorzog. Mei-Lin zerrte ungeduldig und mit ungelenken Pfoten an den seidenen Bändern, als Juh-He ihn lächelnd aufforderte, sich Zeit zu lassen. Schließlich könne das Geschenk nicht von dannen laufen. Nachdem die letzte Schnur gelöst war, wickelte Mei-Lin ein Schälchen aus; golden glänzend, fein getrieben und sehr geheimnisvoll anzuschauen! Das fanden zumindest die Erwachsenen, der Baby-Bär keineswegs! Er hatte einen Schneeball erwartet, einen

Salzkristall zum Spielen - aber kein Schälchen! Großmutter Juh-He lächelte wieder und meinte, es wäre ein ganz besonderes Schälchen, eben ein Zauberschälchen. Dabei beließ sie es und nach kurzem Flüstern, wie es Erwachsene eben manchmal an sich haben, wuschen sie sich die Pfoten und wollten das Mittagessen einnehmen. Überbackene Bambussprossen, welch ein Gedicht! Und als Nachtisch

Reispudding, nach dem Mei-Lin begehrlich schielte und rebellisch schaute, als er seine Portion Sprossen in dem neuen Schüsselchen sah! Zornig nahm er den kleinen Holzlöffel und schlug wütend gegen das Schälchen. Als unmittelbar darauf ein zarter, feiner, glockenreiner Ton durch die Bärenwohnung schwang! Er umhüllte die Ohren, er schwebte über ihren Köpfen, er setzte sich auf ihren Bauch, er ließ die Panda-Bären ganz ruhig, ganz aufmerksam werden. Mei-Lin probierte es ein zweites Mal: Vorsichtig schlug er mit dem Holzlöffelchen die Schale an. Wieder ließ sie ihre schwingende Stimme ertönen. Mei-Lin legte seine Pfoten an das Schälchen, er schlug an, er lauschte, er staunte! Bis Großmutter Juh-He erklärte, dass das Schälchen noch viel besser klingen würde, wenn es leer gegessen wäre. Mei-Lin hatte nicht einmal Zeit, »Guten Appetit« zu wünschen!

In wenigen Minuten aß er von seinem Schälchen mit den Bambussprossen. Er leckte sogar alles bis auf den Schüsselboden blitzblank aus, um erneut das Schälchen anzuschlagen. Großmutter hatte Recht! Die Töne stiegen silberhell, wie aus Wolkenwelten, aus dem Schälchen empor. Ja, es war schon eine ganz besondere Schale, eine Bärenzauberschale, und, wie wir Menschen sagen, eine Klangschale. Ihr werdet euch denken, dass von diesem Tag an Mei-Lin immer seine Bambussprossen aß. Und, ihr könnt es mir glauben, als er später, sehr viel später ein Großvater-Bär war, da brachte er seinen Enkeln das Zauberschälchen mit. So lernte mancher kleiner Panda-Bär ein Stückchen erwachsener zu werden. . .

Eine Schale voll Erinnerung

Ein Schüler saß an einem schattigen Sommernachmittag neben seinem Meister und betrachtete gemeinsam mit ihm das Spiel aus Licht und Schatten. Der Meister lächelte zufrieden, der Schüler seufzte. Nach einer Weile fragte der Meister ihn nach dem Anlass seiner Besorgnis und der Schüler antwortete: »Der Sommer ist bald vorbei. Kälte, Regen und Dunkelheit werden in Kürze unseren Tag bestimmen. Wieso muss die schöne Zeit immer so schnell vergehen? Nichts kann ich festhalten, gar nichts!« Da stellte der Meister eine Klangschale auf das Brokatkissen, das vor ihnen auf der Erde lag, und er schlug behutsam die Schale an. Unmittelbar darauf füllten die Töne und Klänge den friedlichen Nachmittag mit ihrer Begleitung. Der Schüler lauschte den Klängen andächtig nach, bis sie sich in dem treibenden Himmelsblau verloren, auflösten, unhörbar wurden. Und der Schüler begann erneut zu seufzen: »Da, siehst du, da ist es wieder. Du erfreust mich mit den Tönen und wenn ich sie festhalten möchte, entschwinden sie und lassen mich alleine zurück.«

Der Meister wog die Klangschale in seinen Händen: »Halte du die Schale fest und schlage sie an. Dann kannst du die Klänge begreifen.« Der Schüler nahm die Klangschale, den Klöppel und das Kissen. Er stellte die Schale auf seine linke Hand, auf seine Beine, zurück auf das Brokatkissen. Mit jedem Klang, den er anschlug, neigte er sein Ohr tief der Schale entgegen, um jeden kostbaren Tontropfen in sich aufzunehmen. Doch so sehr er sich auch anstrengte, die Klänge entschlüpften seinen Händen, seinen Ohren, seinem Zugriff, sie schwebten mühelos empor. Der Schüler stellte enttäuscht die Klangschale zur Seite und musste sich belehren lassen: »Die Töne findest du tief in deinem Inneren wieder. Siehst du sie nicht? Sie sind bei dir. Hörst du sie nicht? Sie sind bei dir. Nichts, was uns wirklich wichtig ist, geht verloren. Es ändert nur seine Gestalt.« Der Schüler ließ sich nicht überzeugen, er beklagte sich weiter über die Ungerechtigkeiten der Vergänglichkeit. Da teilte ihm der Meister eine Aufgabe zu. Der Schüler hatte vier Wochen Zeit, auf Wanderschaft zu gehen, um dem Abschied von liebgewordenen Gedanken und Gefühlen ein Gesicht zu geben. Der Meister legte dem Schüler die Klangschale in die Hände, sie sollte ihm eine wertvolle, erfahrene Begleiterin sein. Der Schüler, seines Zeichens selbstbewusst und ungestüm, reichte dem Meister die Schale zurück und meinte, er fände alleine einen Weg, um sich seines Meisters würdig zu erweisen.

Im Morgengrauen brach der Schüler auf. In genau einem Monat, wenn der Mond sein rundes Gesicht zeigte, wollte er heimkehren, mit seinen Erfahrungen im Gepäck.

Nachdem der Schüler eine geraume Weile gewandert war, plagte ihn in der stechenden Wärme die Müdigkeit und er suchte ein geruhsames Plätzchen unter einem Baum. Die Silberpappel an dem Flusslauf schien ihm für diese seine Zwecke geeignet. Wohlig gähnend streckte sich der Schüler in dem Gras unter der Pappel aus und betrachtete das verzweigte Blätterdach über ihm. Er bewunderte das reiche Geäst, die Anmut und den Nutzen des Baumes, der ihm Unterschlupf und Schutz bot. Der Schüler wollte diesen wertvollen Augenblick der Entspannung und des Wohlergehens festhalten, um ihn für immer in seine Gedanken zu bannen. Doch bevor er einen Plan ersinnen konnte, wie er es am geschicktesten anzustellen vermochte, schlichen sich Zweifel ein. Wie lange trug der Baum seine Blätterpracht? Wenn es nicht die Sonne mit ihren glühenden Strahlen schaffte, gelänge es unweigerlich dem Herbststurm, die Silberpappel ihres Schmuckes zu berauben.

Wer weiß, wenn er nächstes Jahr zurückkehren würde, fände er die Pappel bestimmt ohne ihr Laub vor! Lohnte es sich von daher, die Silberpappel als Erinnerung zu sammeln, um sie dem Meister zu bringen? Nein, beschloss der Schüler und so zog er weiter. Als Nächstes fand er am Flusslauf die Schwertlilie, geheimnisvolle Schönheit auf schlankem Fuß. Der Schüler freute sich über ihre sonnige Ausstrahlung, an ihrer schwellenden Blüte, ihrem Liliengesicht. Hier sah er eine Erinnerung, an den Augenblick ein Andenken, welches er abpflücken und wahrhaft lebendig nach Hause tragen konnte! Der Schüler wollte Hand an den Stiel legen, als ihn ein nagender Zweifel befiel. Wenn er die Schwertlilie pflückte, wie lange konnte sie ihre Frische, ihr blühendes Aussehen bewahren? Wie schnell könnte sie welken, und am Ende stand er vor seinem Meister mit einem verdorrten Büschelchen Kraut ohne Farbe, ohne Leben! Er ließ die Schwertlilie am Ufer zurück und ging weiter. Bis ihm ein Felsblock den Weg versperrte! Roter Sandstein, von Wind und Zeit geschliffen, doch nicht verformt. Der Schüler freute sich, glaubte er doch, die felsenfeste Erinnerung an diesen Moment gefunden zu haben! Ein Felsen ließ sich nicht fortbewegen - auch nach hundert Jahren stand er dort, wo man ihn verlassen hatte. Man konnte ihn nach beliebiger Zeit aufsuchen, er rückte nicht von der Stelle! Dies würde auch dem Meister gefallen, da war sich der Schüler sicher. Er klopfte an den Felsen, schlug mit der Faust dagegen, kratzte sich fast einen Fingernagel blutig; denn er wollte ein Beweisstück seiner Schlauheit nach Hause tragen. So sehr er sich mühte, es gelang ihm nicht! Nicht einmal ein Sandkörnchen vermochte er zu lösen! Enttäuscht gab der Schüler auf und lernte, dass Erinnerungen freiwillig bei uns bleiben und sich nicht anketten lassen. Sie kommen und gehen durch die Haustüre unseres Geistes, wie es ihnen beliebt. Da sprang ein Rothirsch den Felsen hinab, er schien dem Schüler ein frohes Omen zu sein! Er lockte den Hirsch mit einem Bündelchen

Reisstroh, das er flugs aus seiner Tasche zog. Das prachtvolle Tier mit dem würdevollen Geweih richtete seine schwarzen, seelenvollen Augen auf den Schüler und für einen Moment blieb die Zeit stehen. Von Auge zu Auge hielt der Augenblick die Luft an, lauschte dem Herzschlag der Welt und atmete tief aus. Der Rothirsch fraß das ihm dargebotene Reisstroh, scharrte mit den Hufen, richtete noch ein letztes Mal die großen, dunklen Augen auf den Schüler, machte auf dem Absatz kehrt und hetzte in gewaltigen Sprüngen in den dichten Wald. Der Schüler stellte fest, dass er es versäumt hatte, diesen wertvollen Moment der Ewigkeit einzufangen, er war verloren! Traurig lief er des Weges, bis er am Feldrand ein Mädchen beim Ährenlesen sah.Ihre zarte Gestalt hob sich schemenhaft vor den wogenden Getreidehalmen ab, ihr Schultertuch wehte im Abendwind, der Korb mit ihrer Ernte hing locker über ihrem Arm. Sie drehte sich um, sah ihm mit ihren ausdrucksvollen Augen ins Gesicht und er lächelte. Das Schicksal meinte es gut mit ihm! Das Mädchen wartete auf ihn, und der Heimatboden, die fruchtbare Erde verhießen ihm wertvolles Ackerland für seine Erinnerungen! Hier konnte er all die schöne Zeit einpflanzen, um sie wachsen zu lassen. Und er fragte das Mädchen, ob sie ihm folgen möge. Da bat sie sich Bedenkzeit aus. Er solle ein Jahr warten, in genau zwölf Monaten zurückkehren um sie abermals zu fragen. Der Schüler schluckte, ihm liefen die Bedenken wie ein Rudel junger Hunde entgegen. Was konnte sich in einem Jahr ereignen? Reichten die Erinnerungen des magischen Momentes, um zwölf Monate, lange Monate, auszufüllen? Was wäre, wenn sich das Mädchen anders entschied, der Heimatboden umgepflügt war? Er antwortete ihr, dass er vielleicht in einem Jahr käme, Genaues könne er ihr nicht versprechen. Der Schüler sah nicht mehr die Traurigkeit in den Augen und in dem Herzen des Mädchens, er drehte sich um und kehrte mit hängenden Schultern nach genau einem Monat heim zu seinem Lehrer. Der fragte ihn, was er alles auf seiner Reise sammeln konnte, er wolle die Schätze sehen! Da musste der Schüler gestehen, dass er mit leeren Händen vor dem Meister stand! Seine Erinnerungen an die berührenden Ereignisse hatte er leichtfertig verschenkt, liegen gelassen, nicht bemerkt!

Der Lehrer holte die Klangschale und den Klöppel hervor. Er hieß den Schüler, sich auszuruhen, um am kommenden Morgen erneut aufzubrechen. Genau zu den Orten, die er bereits aufgesucht hatte, aber dieses Mal mit der Klangschale.

Der Schüler tat, wie ihm geraten und besuchte zuerst die Silberpappel. Er hob die Klangschale in die Höhe und schlug sie an.

Da neigte sich der Baum den Klängen entgegen und legte ein stilles Wort in die Schale. Der Schüler wollte wissen, was die Silberpappel der Schale anvertraute, doch der Baum wehrte ab. Abschiedsworte, Erinnerungsworte, sie verloren ihren Zauber, wenn sie laut ausgesprochen wurden! Nur das Herz konnte sie hören. Der Schüler ging mit der Klangschale zu der Schwertlilie und schlug die Schale an. Die Blume neigte sich den Klängen entgegen und flüsterte ein stilles Wort in die Schale. Sie antwortete dem Schüler das, was ihm bereits die Silberpappel anvertraut hatte. . .

An dem Sandstein schlug der Schüler die Klangschale an und der Felsen grummelte ein stilles Wort in die Töne und Klänge hinein. Auch der Hirsch senkte den Kopf, als er die Klänge vernahm, schaute lange in die Schale und legte ein stilles Wort hinein. Zum Schluss lief der Schüler zu dem Ährenfeld in der Hoffnung, dem Mädchen zu begegnen. Aber dort fand er sie nicht! Nur die Ähren lauschten den Klängen und wisperten ihr stilles Wort in die Klangschale.

Der Schüler brachte seinem Meister die gefüllte Schale. Der blickte zufrieden hinein und schlug sie an: »Siehst du«, erklärte er dem Schüler, »siehst du all die lieben Grüße in der Klangschale? Hörst du

all die Worte der Erinnerungen an schöne Stunden?«

Der Schüler sah und hörte - nichts! Da wies ihn der Meister an, jeden Tag die Klangschale anzuschlagen. Die Klänge sollten den Grüßen und Worten in der Schale Wasser und Nahrung zugleich sein. Getreulich folgte der Schüler jeden Tag der Anweisung seines Meisters und ihm war, als ob er etwas in der Schale wachsen hörte! Nach einem Jahr schaute er erneut in die Klangschale und sah, wie aus ihr ein tränendes Herz herauswuchs - der kleine Strauch mit den unzähligen Herzblüten, denen eine Träne aus dem knospenden Auge rollt. Und der Meister erklärte ihm: »Jeder Abschied von einem schönen Moment, einer schönen Zeit, er ist ein Stück deines Herzens. Eine Herzensträne. Aber diese Pflanze hier, dieser Blütenstrauch, er trägt eine Knospe der Erinnerung. Deiner Erinnerung. Und wenn du die Blüten betrachtest, dann ist es so, als ob alle, die dir nahe standen, ganz nahe bei dir sind. Was dir lieb und teuer ist, es geht nicht verloren, es ändert nur seine Gestalt.

Und nun geh, ich glaube, du hast noch etwas vergessen!«

Da nahm der Schüler die Klangschale mit dem Strauch des tränenden Herzen in seine Hände und lief los. Lief, so schnell er konnte, bis er an ein Ährenfeld gelangte. Wo er vor genau einem Jahr schon einmal stand. Und er sie bereits von weitem entdeckte, eine zarte Gestalt, mit einem Körbchen über dem Arm.

Der Schüler reichte ihr die Klangschale mit dem tränenden Herzen, schlug die Schale an und mit den Tönen und Klängen vermengte sich ihr klares »Ja«, das ohne Umwege den Pfad zu seinem Herzen fand.

Die Winterschale

In der kleinen Dorfschule von Waldlichtungsheim brüteten die Schüler und Schülerinnen angestrengt über ihren Aufgaben. Rehe kauten nachdenklich an den Bleistiftstummeln, Füchse sträubten emsig schreibend ihren Pelz, Tannenmeisen pickten ihre Ergebnisse auf die Schreibblätter und Eichhörnchen kramten Radiergummis aus der Federmappe hervor. Es galt zu berechnen, wie viele Nüsse und Tannenzapfen für einen Wintervorrat gesammelt werden müssen. Alle Schüler rechneten, alle, außer Stöpsel.

Eigentlich hieß er Johannes, war ein Eichhörnchen und trug zur Schadenfreude der gesamten Klasse die dickste Hornbrille, die ein Eichhörnchen je tragen musste. Ohne seine Sehhilfe war Stöpsel fast blind wie ein Maulwurf. Ihn störte nicht das Tragen der Brille als vielmehr der Umstand der mehr oder weniger gutmütigen Neckereien, denen er jeden Tag ausgesetzt war. Johannes, das war sein wahrer Name, doch was tat das zur Sache, wenn man bebrillt an Ästchen und Tannenzapfen stieß? Die Spechte an ihrer Zimmermannsarbeit hinderte? Oder den Hohltauben, die zu Besuch kamen, statt des Flügels freundlich den Fuß schüttelte? »Du bist schon ein Stöpsel!«, rief seine Mutter mehr als einmal aus, und dabei blieb es - bei dem Namen »Stöpsel«.

Aber zurück zu unserer Rechenstunde: Stöpsel richtete sein bebrilltes Augenmerk nicht auf die Aufgaben, vielmehr auf die Sonnenstrahlen, die ein Spinnennetz wie silberne Fäden aufleuchten ließen. In Gedanken baute er in den Farnbüscheln einen Palast, wob das Spinnennetz als Baldachin über Märchenprinzessinnen und edlen Hörnchenrittern, als ihn jäh die Stimme des beleibten Dachses aus den Träumen riss. Die Stimme des Lehrers, der sich Tag für Tag bemühte, den Schülern die Geheimnisse höherer Rechenkunst zu vermitteln. Stöpsel wäre ein guter Schüler gewesen, hätte er sich mehr zugetraut! Doch durch die dicke Hornbrille fühlte er sich sehr in seiner Persönlichkeit beschnitten! Und wenn er zum Sprechen aufgerufen wurde, lief er rot an, stotterte und druckste herum, bis er wieder zum Hinsetzen aufgefordert wurde - und einen Eintrag in das Klassenbuch erhielt! Tollten daheim in der Blautanne seine Geschwister durch die Äste, saß Stöpsel abseits über einen Bücherstapel gebeugt und vergrub sich in Märchen und Sagen vergangener Zeiten. Er litt und kämpfte mit verwegenen Helden gegen furchtlose Drachen, befreite Burgfräulein und rächte die Ausgebeuteten. Seine Eltern hießen das nicht gut. Trost und Zuspruch fand Stöpsel nur bei seinem heiß geliebten Teddyhörnchen und seiner Großtante Betty. Sie war ein Flughörnchen, hatte viel von der Welt gesehen, war viermal verheiratet, bereute keine Sekunde ihres bewegten Lebens und trug, laut Aussage von Stöpsels Vater, nicht wesentlich zur Familienehre bei. Tante Betty registrierte dieses mit einem Achselzucken, immerhin besaß sie eine Sommerlaube in einem Olivenhain, eine Hütte in den Latschenkiefern der Alpen und eine schier unerschöpfliche Ausbeute an Geschichten und Andenken ihrer abenteuerlichen Exkursionen.

Wenn sie auf einer ihrer seltenen Durchreisen bei Stöpsels Familie für einige Tage weilte, wich er ihr nicht von der Seite. Sein Teddyhörnchen an sich gepresst, die Brille frisch geputzt auf der glänzenden Knopfnase, mit offenem Mund und noch offeneren Ohren Tante Bettys Erlebnissen lauschend. Sie brachte ihm immer etwas von ihren Reisen mit - ein buntes Wollpüppchen, einen besonderen Kiefernzapfen, eine Kakaobohne und bei ihrem letzten Besuch eine kleine Schale aus Metall, mit einem passenden Klöppelchen:

»Das ist eine Klangschale«, erklärte sie ihrem Großneffen, dem vor Aufregung die Brillengläser beschlugen. »Du kannst auf ihr spielen und achte darauf, was in deinem Inneren vorgeht!« Sobald Tante Betty nach vielen Abschiedsküssen und Umarmungen von Seiten Stöpsels abgereist war, rannte er flugs mit der Schale auf den Dachboden der Blautanne, um die Klangschale auszuprobieren. Er ließ die Töne und Klänge auf seinen Pfoten vibrieren, freute sich über das zarte Summen und Klingen und wurde zum ersten Mal nach langer Zeit tief in seinem Inneren sehr, sehr glücklich! Jeden Nachmittag lief er zum Speicher hinauf, zu seiner Klangschale und er ließ nur das Teddyhörnchen an den wunderbaren Erlebnissen mit den Klängen teilhaben. Bald begann die Schale, ihm neue Geschichten zu erzählen - oder erzählte er sie ihr? Und mit jedem Tag wurde Stöpsel ein ganz klein wenig größer, sicherer und stärker. In der Schule meldete er sich öfter und beantwortete, wenn auch mit zögerlicher Stimme, die an ihn gerichteten Fragen.

Ob das wohl etwas mit den Klängen der Schale zu tun hatte? Jedenfalls hätte unsere Geschichte einen versöhnlichen Ausgang genommen, wenn nicht eines Tages Stöpsels Vater der Familie kundtat, dass sie in den Nordwald übersiedeln müssten.

Vorübergehend, er würde dort eine neue Arbeit antreten. Das alte Haus in der Blautanne sollte auf sie warten, bis sie eines Tages genug Geld besäßen, um dorthin zurückzukehren. Da der Umzug in den Nordwald kostspielig wäre, so der Vater, dürfe jeder von ihnen nur einen Koffer mit den nötigsten Notwendigkeiten mitnehmen! Was Stöpsel in seinen Koffer packte, das war selbstverständlich klar! Seine Klangschale und sein Teddyhörnchen!

Doch er hatte die Rechnung ohne seine Mutter gemacht, die den Koffer wieder auspackte, lauthals darüber schimpfend, dass so ein großer Junge weder ein Schmusehörnchen noch diese merkwürdige Schale bräuchte! Und sie ihm stattdessen Unter- und Nachtwäsche,

dicke Pullover, Jacken, Mützen, Wollsocken und Pfotenschuhe auf das Bett legte. Stöpsel weinte, doch der Vater duldete keinen Widerspruch:»Johannes, du hast gehört, was deine Mutter gesagt hat!« Und wenn der Vater ihn Johannes rief, ließ es nichts Wohlwollendes ahnen. So kam es, dass Stöpsel sein Teddyhörnchen und seine Klangschale auf dem Speicher zurücklassen musste, und zum ersten Mal in seinem Leben war er sehr froh, die dicken Brillengläser zu tragen. Denn so konnte keiner die Tränen sehen, die ihm bei dem Abschied aus den Augen kullerten.

Das Leben im Nordwald war ungewohnt hart und rau, die Sommer kurz, die Winter lang. Die Eichhörnchen waren Schnee und Frost gewohnt, nicht aber diese Berge aus Eis und kalten Wänden, die sich vor der Eingangstüre ihres Quartiers türmten. Der Vater schuftete bei den Bibern as Dammbauer, um den neuen Stausee fertigzustellen. Er verdiente viel, doch war er häufig fort, so dass Mutter und Kinder mehr als einmal den heftigen Schneestürmen ausgesetzt waren. Unermüdlich schleppten Stöpsel und seine Geschwister Kiefernnadeln, Ästchen und Bucheckernkäppchen heran, um das winzige Feuer im Ofen am Leben zu erhalten. An den Abenden verkroch Stöpsel sich in einer Ecke und dachte voll Wehmut an den fernen Teddyfreund und an seine geliebte Klangschale, die mitsamt dem Stoffhörnchen sicherlich verstaubt und einsam auf dem Speicher ruhte. Und die beide nicht verstanden, weshalb er sie zurückgelassen hatte. Da fielen Stöpsel plötzlich Tante Betty und ihre Worte ein: »Weißt du, manchmal muss man dafür sorgen, dass ein Wunder geschieht!«

Da stapfte Stöpsel hinaus in die stockfinstere, klare Winternacht, zog seine Pfotenschuhe aus, blies sich die Fingerchen warm, putzte die beschlagene Brille sauber und formte aus Schnee und Eis eine Schale wie die, die auf dem Dachboden in der fernen Heimat stand! Er suchte auf der gefrorenen Erde nach einem Ästchen und schlug seine Schneeschale an. Die Schale begann zu vibrieren und zu klingen, nicht so schön, wie seine Klangschale, aber besser als gar nichts! Stöpsel spielte seine Winterschale und lauschte in die stille Nacht hinaus! Da hörte er, als fernes Echo, wie seine Klangschale antwortete! Denn das Teddyhörnchen hatte den Ruf vernommen und unverzüglich einen Antwortklang geschickt! Stöpsel spielte und spielte auf seiner Winterschale und Teddyhörnchen antwortete auf seiner Klangschale. Dabei bemerkte Stöpsel gar nicht, wie seine Eltern und seine Geschwister unmerklich zu ihm gekommen waren, um schweigend hinter ihm Platz zu nehmen. Sie lauschten den Klängen und jeder von ihnen ließ seinen Gedanken freien Lauf. Aber Eines hatten sie gemeinsam in dieser kalten Winternacht: Sie waren voller Sehnsucht nach daheim, nach ihrem gemütlichen Zuhause in der Blautanne. Als Stöpsel sein Klangspiel beendete, weil ihm die Pfoten klamm wurden, gingen sie wortlos zu ihrem Quartier zurück. Sie brachen am nächsten Morgen in Jubel aus, als der Vater verkündete, sie würden in der kommenden Woche nach Hause fahren, um rechtzeitig zum Weihnachtsfest in den eigenen vier Wänden zu sein - und zwar für immer! Bis es soweit war, versammelte sich die Familie jeden Abend mit Stöpsel vor der Winterschale, die mit den Klängen die Grüße und Gedanken von Stöpsel und seinen Lieben nach Hause schickte.

Endlich war es an der Zeit! Die Familie brach auf und machte sich auf den Heimweg.

Vater Eichhörnchen reiste einen Tag früher ab, um die Stube zu heizen, eine Tannenbaumspitze zu erwerben und alles andere ein wenig vorzubereiten. Stöpsel schien die Reise schier endlos und als sie schließlich durchgefroren, aber glücklich die Haustüre aufschlossen, eilte er unverzüglich auf den Speicher, um seine Klangschale und sein Teddyhörnchen zu begrüßen. Doch bestürzt musste er feststellen, dass beide verschwunden waren!

Die Festvorbereitungen ließ Stöpsel wie im Schlafe über sich ergehen. Die Mutter kämmte ihm mit einem feuchten Kamm das Fell, zog einen artigen Scheitel, band ihm eine Krawatte um und knöpfte ihm den Sonntagsanzug zu. Dann war es soweit: Der Vater läutete das Glöckchen zur Bescherung, die Tannenbaumspitze erstrahlte festlich und für jeden stapelten sich die Päckchen. »Für Johannes« stand auf einem von ihnen und Stöpsel wickelte es aus. Ganz obenauf lag eine neue, schmucke Brille! Darunter zwinkerte sein Teddyhörnchen hervor, in einem von der Mutter liebevoll genähten und bestickten Matrosenanzug. Und in einem kleinen Bastkörbchen, mit Henkeln und mit geblümtem Stoff ausgeschlagen, da lag seine Klangschale! Versehen mit einem Briefchen von Vater Eichhorn. »Damit du, Johannes, deine Klangschale in Zukunft überall mit hinnehmen kannst!«

Nun wollen wir die Eichhörnchen alleine lassen, denn sie wollen in Ruhe feiern. Und ich muss euch nicht erzählen, wer den weihnachtlichen Gesang auf seiner Klangschale begleitete. . .

Die Söhne des Müllers

Ein betuchter Müllermeister befand sich in der Spätblüte seines Lebens und konnte stolz auf seine Erfolge verweisen: Die größte Mühle weit und breit, die unermüdlich Korn um Korn mahlte. Drei prächtige, fleißige Söhne - und mit ihnen der Buntspecht Rudi. Der Müller hatte ihn als ganz jungen Vogel einem fliegenden Händler abgekauft und den zerrupften, ungepflegten und dürren Specht zu einem echten Freund und Gesellschafter herausgepäppelt. Rudi war eine Perle im Mühlenhaushalt: Er erwies sich als schlau und äußerte seine Meinung nur, wenn er gefragt wurde. Zudem pickte er das Ungeziefer aus dem gewaltig mahlenden Mühlrad.

Die Söhne des Müllers brauchten sich nicht hinter dem Rücken ihres Vaters zu verstecken! Allesamt tüchtige Burschen, für die das Zupacken eine Selbstverständlichkeit war. Umso schwerer fiel es dem Müllermeister, einen von ihnen zu seinem Nachfolger zu bestimmen! Wenn man die drei Söhne fragte, wer der neue Mühlenbesitzer werden würde, antworteten sie im Brustton der Überzeugung: »Wir drei!« Weshalb sollte man sie trennen, wo ein jeder von ihnen seine Stärken und Vorzüge besaß? Indessen sahen die Pläne des Müllers anders aus, einer von ihnen musste das Erbe übernehmen. Rudi schüttelte das Federkleid ob so viel menschlicher Unvernunft, aber ihn hatte schließlich niemand um seine Meinung gebeten! Der Müller grübelte und zerbrach sich fast den Kopf, bis er die für ihn gerechteste Entscheidung gefunden zu haben glaubte. Er rief seine drei Söhne zu sich und erklärte ihnen den Ernst der Lage. Durch einen Wettbewerb sollte sich herausstellen, wer von ihnen die Mühle erben würde. Er drückte jedem seiner Söhne etwas in die Hand, einen Apfelbaumschössling, eine Metallscheibe und - Rudi! Sie sollten damit in die Welt hinausziehen, wer von ihnen mit seinem ihm anvertrauten Gegenstand den höchsten Gewinn erzielte, der sollte die Mühle als neuer Besitzer führen! Die drei Söhne erkannten keineswegs die Notwendigkeit des Wettbewerbes, schon gar nicht der Buntspecht! Er saß schimpfend und zeternd auf der Schulter des jüngsten Müllersohnes und verstand die Welt nicht mehr. Jedoch, der Müllermeister wollte wissen, wie seine Söhne etwas sehr Wertvolles zu behandeln wussten. Er flüsterte dem aufgeregten Specht ins Ohr, dass er jederzeit den kürzesten Weg zur Mühle zurückfliegen sollte, sobald Gefahr in Verzug wäre!

Nun gut, so machten sich die drei Müllersöhne mit Rudi auf den Weg. Unterwegs begutachteten sie den Apfelbaumschössling und die Metallscheibe. Damit ließe sich auf dem Wochenmarkt der Kreisstadt ein vortrefflicher Gewinn erzielen! Dass Rudi bei ihnen bleiben würde, daran bestand wahrhaftig kein Zweifel! Nach etlichen vergnügten Wegstunden erreichte das ungleiche Kleeblatt den Markt und fand alsbald am Brunnen einen freien Stellplatz. Sie breiteten eine Decke aus, legten die Metallscheibe mitsamt dem Schössling darauf und riefen laut: »Wohlfeile Ware, wohlfeile Ware!« Ab und zu klopfte Rudi mit dem Schnabel gegen den gusseisernen Pumpenschwengel des Brunnens, um den Worten Nachdruck zu verleihen. Allein, die Menschen eilten achtlos an ihrer Decke vorbei, die Körbe randvoll gefüllt mit Gemüse, Obst und duftenden Brotlaiben. Als die Brüder und ihr Specht fast schon aufgeben wollten, kamen doch noch mehrere Interessenten an ihren Stand und begutachteten die Ware. Die gewillten Käufer, ein Händler mit einer klimpernden

Geldkatze über dem üppigen Bauch, und ein spindelklapperiger Landvogt mit hervorquellenden Augen betasteten und drehten Bäumchen und Metallscheibe in ihren Händen. Sie ließen sich ihr Interesse nicht anmerken, um den Preis zu drücken. Der dicke Händler liebäugelte mit der Metallscheibe, die würde er mit doppeltem Zugewinn im Schloss veräußern! Der Landvogt hatte es auf den Schössling abgesehen und rechnete in Gedanken den Ernteertrag aus, den so ein Bäumchen über kurz oder lang abwerfen würde! Den Müllersöhnen waren die Käufer nicht unbedingt recht! Das

Apfelbäumchen hätte einen liebevolleren Besitzer verdient und die alte Metallscheibe hing seit Jahr und Tag in der Mahlstube. Als Kinder hatten sie oft gerätselt, aus welchem Teil der Welt sie stammen würde! Bei den Preisvorstellungen von Händler und Landvogt fiel es ihnen nicht schwer, ein deutliches »Nein« auszusprechen. Ob dieser unnütze Buntspecht zu erwerben sei, wollten die beiden vermeintlichen Käufer wissen. Nach einer kurzen Wortklauberei nahm das Gespräch für Rudi ein zufriedenes Ende. Der Händler und der Landvogt trollten sich und ließen die Brüder alleine zurück. Der Markt wurde inzwischen wieder abgebaut. So blieb ihnen nichts weiter übrig, als sich auf den Weg zur nächsten Stadt zu machen. Weil ihnen das Geld knapp wurde, verdingten sie sich als Knechte bei dem Grafen des Schlosses »Hohe Tann«. Sie wollten dort so lange arbeiten, bis ihr Vorrat an Talern und Proviant aufgefrischt war, denn die nächste Stadt war weit. Die Brüder packten zu, wo sie benötigt wurden. Sie molken Kühe, halfen in der Backstube, schufteten auf dem Feld und auch Rudi stand mit Flügel und Schnabel treu zur Seite. Dem Grafen gefiel es, wie die tüchtigen Burschen mit ihrem Buntspecht arbeiteten, und er bat sie, bei ihm in Lohn und Brot zu bleiben. Er zahlte ihnen eine gute Stange Geld und wollte noch mehr obenauf legen, wenn sie ihm den jungen Apfelbaumschössling und die Metallscheibe dort lassen würden. Wieder dachten die Müllersöhne an die heimatliche Mahlstube mit der goldenen Metallsonne, der sie die phantastischsten Abenteuer zuschrieben. Und im Geiste sahen sie, wie durch die Fensterscheiben die Zweige eines frisch gepflanzten Apfelbaumes lugten. . .

So lehnten sie dankend das Angebot des Grafen ab und wanderten weiter.

Die kommenden Wochen zogen dahin und in ihrem Ablauf waren sie fast gleich. Die Müllersöhne mit ihrem Buntspecht und ihren Waren suchten Stadt um Stadt auf, legten den Schössling und die Metallscheibe aus - und sobald sich ein Käufer ernsthaft über ihren Stand beugte, dachten sie an ihre Kindheitserinnerungen und an ihre Träume von dem Apfelbaum im Mühlgarten. Darum wiesen sie alle Angebote ab. Zwischendurch arbeiteten sie ehrlich und hart und als sie eines Abends ihren Lohn auf der Decke ausbreiteten, da hatten sie sich ein hübsches Sümmchen zusammengespart! Stolz traten sie den Heimweg an, den Geldbeutel mit dem Schössling und der Metallscheibe unter dem Arm, den Buntspecht auf der Schulter. Sie legten die Früchte ihrer Abwesenheit in der heimatlichen Mühle auf den Mahlstein und berichteten ihrem Vater von ihren Gewinnen und ihren Gedanken. Mit Ersterem war der Müllermeister recht zufrieden, mit dem Letzteren keinesfalls! Wie sollte er den Erben ermitteln, wenn die drei Tagträumer nicht in der Lage waren, eine eigenständige Entscheidung zu fällen? Er schickte sie abermals los, die Aufgabe blieb bestehen, und Rudi sollte in der Mühle bleiben. Er hob jedoch trotzig die Flügel und beharrte darauf, die drei Müllersöhne auch weiterhin begleiten zu wollen! Wieder machten sich die vier auf den Weg und als sie eine Lichtung im Wald erreichten, bat Rudi um einen Moment Gehör. Ob sie ihn nicht endlich einmal um Rat fragen wollten? Schließlich würde er nur seine Meinung kundtun, wenn man ihn darum bittet! So war dem auch und als die drei Burschen den Buntspecht fragten, was nun zu tun sei, da kamen sie aus dem Staunen nicht mehr heraus. Sie legten die Metallscheibe auf den belaubten Waldboden und Rudi begann, mit gezielten Schnabelhieben auf die Scheibe einzuhacken und zu pochen. Die Funken stoben, Rudi verschnaufte kurz, ließ sich den Schweiß von der gefiederten Stirne tupfen und tackerte weiter. Er trieb aus der Metallscheibe eine kleine, feine Schale! Und als die Müllersöhne auf sein Geheiß hin mit einem Ästchen gegen die Seitenwand schlugen, da vernahmen sie derart liebliche Töne, wie sie sie noch nie zuvor erspürt hatten!

Die Waldvögel stellten ihren Gesang ein, um den Klängen zu lauschen. Die Rehe auf der Lichtung spitzten die Ohren und die Bäume rauschten leise, um das Spiel der Klangschale nicht zu unterbrechen. Ton um Klang und Klang um Ton füllte den Wald mit einem geschwungenen Lächeln und als der letzte Ton verklungen war, da wussten die Brüder, was zu tun war! Sie packten die Klangschale in die Decke ein und fügten den Apfelbaumschössßling bei. Dann bedankten sie sich glücklich bei Rudi, der bescheiden abwehrte und meinte, er hätte nur seine Pflicht getan. Die Müllersöhne begaben sich auf den Rückweg zu ihrer Mühle und im Schutz der Dunkelheit hoben sie in der Nähe der Mahlstube ein Loch im Erdboden aus, um das Apfelbäumchen einzupflanzen.

Am Morgen darauf, die ersten Sonnenstrahlen begrüßten den ersten Hahnenschrei, setzte sich das Mühlrad knirschend und ächzend in Bewegung. Und mit ihm die drei Müllersöhne, die unter dem frisch gesetzten Apfelbäumchen Platz nahmen, um ihre Klangschalen anzuschlagen. Da verharrten die Eselsgespanne und Ochsenkarren in ihrem Gang, und statt die schwere Fracht aus Getreide in die Mahlstube zu laden, schauten Mensch und Tier neugierig um die Ecke. Sie wollten wissen, was es mit diesen herrlichen Tönen auf sich hatte!
Nachdem sie eine Weile den Klängen lauschten, fiel ihnen die Arbeit nicht mehr allzu schwer ins Gewicht. Die Tiere zogen leichter die Karren an, die Bauern mussten sich nicht mehr unter der Last der Getreidesäcke krümmen. Das Mühlrad rumpelte gutgelaunt, und nachdem sie ihre Fracht abluden, gönnten sich die Menschen und Tiere ein paar von den Tönen aus der kleinen Klangschale, und sie kehrten friedlichen Herzens heim.
Da musste sich der Müllermeister eingestehen, dass es ein Fehler war, die drei Söhne ihres Erbes wegen zu Rivalen zu machen. Und

dieses Mal äußerte der Buntspecht Rudi ungefragt seine Meinung, wie töricht es wäre, wenn der Müllermeister nicht die Mühle in drei gerechten Teilen vererben würde!

Dabei blieb es: Die drei Müllersöhne bewirtschafteten die Mühle, wie es nicht besser hätte sein können! Ihr Mehl war von allerbester Qualität, die Äpfel des Apfelbäumchens versüßten manchen strengen Winterabend, Rudi erhielt im Dachgebälk der Mahlstube ein geräumiges Astloch auf Lebenszeit.

Und ich versichere euch, der ehrwürdige Mahlstein verrichtete seine Arbeit besonders gut und gerne, wenn er durch die geöffneten Fenster die Töne einer kleinen Klangschale vernahm. . .

Der Teich-Tanz

ie fleißigen Hände des Klosters »Wohlwollende Wenigkeit« waren seit Wochen damit beschäftigt, auf dem begrünten Fleckchen Erde nahe der Klostermauern einen Garten der Besinnung anzulegen. Dazu benutzen sie den natürlichen Bachlauf des Bergquells, planten Terrassen und Wasserfälle, über die er quicklebendig bis in die verschiedenen Sammelbecken der Gartenanlagen hineinfließen sollte. Und was waren das für kunstvolle Teiche! Sie unterschieden sich in Größe und Tiefe - vom kleinsten Tümpel bis zu einem schier unüberblickbaren See mit Ufern aus Samt und Sand. Zwischen den Wasserbecken pflanzten die zahllosen Hände vielerlei Grün und Blumen. Schwertlilien schaukelten neben Bambus im Wind. Krause Minze breitete ihr Köpfchen auf dem Erdboden aus, beschattet von Maulbeerbäumen und Zwergkiefern. Felsige Findlinge ruhten verborgen zwischen Heidekraut und Zierkirsche. Wenn man aus den Klosterpforten trat, folgte man dem natürlichen Bachlauf und stieg Stufe für Stufe die Treppen der Natur hinab. Ganz oben toste der Bach über Kaskaden von Himmelsfels und sammelte sich das erste Mal in einem Becken, so unnahbar grün und tief wie das Wasser des Bergsees. Vor neugierigen Blicken geschützte Eisrosen schmiegten sich in warme Felsmoospolster. Von dort aus stieg man zu dem nächsten Teich herab, mit den Pflanzen und Blüten des gemäßigten Klimas. Bergahorn und Schwarzkiefer in trauter Eintracht, die Ufer von Malven und Stockrosen gesäumt. Etwas weiter unten zeigte sich der See in seinem sommerlichen Kleid: Im Schilfrohr brütete der Teichsänger, wilde Lupinen zogen prächtige Falter an. Der letzte und unterste See lud ein zum Verweilen und Schweigen: Libellen brummten eifrig mit gläsernen Flügeln über die Wasseroberfläche; Gedanken flogen neben ihnen her in die stille Weite. Es war wirklich und wahrhaftig ein Refugium der Besinnung und wurde von den Bewohnern und Besuchern des Klosters oft und gerne genutzt.

Nun lebte in dem Kloster, in einem abgelegenen Seitentrakt, ein Junge namens Tan-Pan mit seinem Kranich Mondschwinge. Der Junge arbeitete in dem Kloster, soweit seine Erinnerungen zurükkreichten. Den Kranich hatte er als Findling bei einem seiner Streifzüge entdeckt; eine Kreatur, aus dem Nest gestoßen - wie er! Tan-Pan nahm den Kranich bei sich auf, zog ihn liebevoll groß - und als die Rückkehr in das Winterquartier nahte, gemeinsam mit den anderen Kranichen, da schmiegte Mondschwinge seinen Kopf in Tan-Pans Armbeuge und blieb bei ihm. Tan-Pans Aufgabe in dem Kloster war es, sich um die Pflege der verschiedenen Klangschalen zu kümmern, die seit Generationen in der klingenden Halle ruhten. Tan-Pan liebte seine Arbeit, er kannte jede Klangschale mit Namen - die kleine, zarte für das Antlitz, die jubilierende für das Herz, die fragende für die Seele und die große voll tönende, die die Wurzeln der Erde und unseres Ursprunges spiegelte. Des Morgens zog Tan-Pan die Seidenlaken von den Klangschalen und lauschte manches Mal an der Türe, wenn die Schalen angeschlagen wurden und ihre klaren Schwingungen in den Himmel wogten. In den Nachmittagsstunden trug Tan-Pan die Schalen einzeln und behutsam hinunter in den Garten der Besinnung, stellte sie an die Ufer der Teiche und rieb sie mit einem trockenen, weichen Tuch, bis die Klangschalen funkelten und glänzten. Der Kranich begleitete Tan-Pan und wenn sie ihre Arbeit zu ihrer Zufriedenheit ausgeführt hatten, legten sie sich in das Moos oder den Sand am Seeufer; ließen die Beine in dem klaren Wasser baumeln, und Mondschwinge brachte mit seinem Schnabel die Klangschalen zum Schwingen und Klingen. Am Abend trugen sie die Schalen in die Halle zurück und breiteten die Seidenlaken zur Nacht aus.

An einem Tag in der Woche hatten Tan-Pan und Mondschwinge ihre Zeit zur freien Verfügung. Sie nutzten sie für Unternehmungen in der Umgebung des Gartens. Sie erkundeten die Teichlandschaft, ihre reiche Tier- und Pflanzenwelt. Bald darauf waren ihnen nahezu jede Flechte, jeder Kieselstein und jeder Käfer so vertraut wie die Finger

ihrer Hand und die Federn ihrer Flügel. Eines Tages bogen sie die Zweige des Herbstginsters auseinander und sahen dahinter einen verborgenen See, den sie bis dahin noch nicht kannten und dessen Existenz scheinbar unbemerkt abseits von den Anlagen ruhte.

Neugierig traten Tan-Pan und Mondschwinge näher, freuten sich über das glasklare, frische Wasser und stellten fest, dass der kleine Teich von einem Nebenarm des Bergquells gespeist wurde. Sie ließen sich an dem Ufer des Sees nieder und überlegten, weshalb niemand von dem stillen Gewässer Kenntnis genommen hatte, und mitten hinein in ihre Überlegungen antwortete ihnen der Teich! Als der Garten der Besinnung angelegt wurde, befand man ihn, den kleinen See, für zu abgelegen, zu unscheinbar, zu unauffällig!

Was bot er schon außer einem tiefgründigen Aquamarinblau? Einer Oberfläche, in der sich die Wolken spiegelten? Einem sanft murmelnden Bachzulauf? Sich im Wind neigendem Schilfrohr und zwei Teichbewohnern? Einem behäbigen Zierkarpfen, der seine Ruhe genoss, und einem Goldfisch, der ein friedliches Miteinander mit seinem Nachbarn pflegte? Also, was bot der Teich außerdem?

Tan-Pan und Mondschwinge fanden, dass alleine diese Idylle und Beschaulichkeit abseits der gepflegten Wege genau das hergab, was einen Garten der Besinnung auszeichnete: dem Auge Ruhe zu gönnen, den Lippen Schweigen aufzuerlegen, dem Gehör Stille zu schenken, der Nase würzige Luft zu kredenzen und die tastenden Hände in der Unergründlichkeit des Sees zu versenken.

Und die beiden beschlossen, den verborgenen Teich regelmäßig aufzusuchen, zur Freude des Gewässers und zur Freude ihrer Seele, die eine Berührung ihrer Sinne empfand. Zukünftig nahmen Tan-Pan und sein Kranich längere Wege in Kauf, um die Klangschalen zur Reinigung an das Ufer des verborgenen Teiches zu tragen. Sie breiteten ihre klingenden Schätze aus, reinigten sie, ließen die Sonne darin blitzen und baden. Sie beobachteten Schmetterlinge, wie sie ihre Flügel über die schwingenden Ränder ausbreiteten, um sich zu wärmen - und sie teilten mit dem Teich ihre Töne und Klänge. Aber Mondschwinge, ein Kind des Wassers, empfand Traurigkeit in den Tiefen des Teiches, wenn er nachdenklich seine spiegelglatte Stirne kräuselte oder vergeblich seine fließenden Finger nach den Klängen ausstreckte. Und Mondschwinge fragte den Teich, woher seine Traurigkeit rührte. Da antwortete der See, dass er gerne einmal in seinem Dasein tanzen würde. Er beobachtete die Mücken, wie sie in Formationen über seiner Oberfläche tanzten, die Wolken am Himmel in ihrer ungestümen Windpolka und die Libellen mit ihren flirrenden Flügeln zwischen den Schilfrohrhalmen. Die Töne der Klangschalen würden tanzen und tanzenden Schrittes liefen Tan-Pan und der Kranich mit ihren Klangschalen nach Hause. Alle tanzten, nur er nicht! Er, der Teich! Auf dem Nachhauseweg besprach sich Mondschwinge mit Tan-Pan und sie beschlossen, dem stillen Wasser zu helfen! Einige Tage später kehrten Tan-Pan, der Kranich und die Klangschalen zurück, knieten am Ufer nieder und Tan-Pan lockte den Zierkarpfen und den Goldfisch herbei. Der Junge ließ eine vanillezarte Seerose in das Wasser gleiten, bat die beiden Fische, den Stengel mit ihrem weichen Maul bis zur Mitte des Teiches zu befördern, um ihn dort einzugraben. Die Fische kamen der Aufforderung gerne nach, schließlich verschönerte die Seeprinzessin ihr abgeschiedenes Heim! Bald darauf prangte das Wasserschönchen auf der Oberfläche des erfreuten Teiches und Tan-Pan klatschte in die Hände. Jetzt konnte der See mit einer duftenden Partnerin die ersten Tanzwellen wagen! Die Seerose wogte auf und ab, sie reichte dem Teich die Blätter, doch so sehr er sich mühte, ohne Wind rührte er sich nicht eine einzige Luftblase von der Stelle! Die Kräfte der Seerose reichten nicht für beide aus, außer Atem hielt sie inne und verschloss enttäuscht ihre Blütenblätter. Da trieb sie, wie ein kleiner, schmollender Stern! Tan-Pan war mit seiner Weisheit am Ende –

nicht so Mondschwinge, denn ich sagte euch bereits, er war ein Kind des Wassers. Der Kranich bat Tan-Pan um eine Klangschale, in der er genügend Platz fand, und bat um einen passenden Klöppel. Dann ließen sie die Schale zu Wasser, Mondschwinge sprang leichtfüßig hinein, suchte das Gleichgewicht und stieß sich vom Ufer ab. Sachte glitt die Klangschale mit dem Kranich an Bord wie eine Dschunke auf die Teichmitte zu. Der Kranich stellte eine Schwinge als Segel auf, um den Kurs zu halten. Als er die Seerose erreichte, warf er den Anker, griff nach dem Klöppel und begann, die Klangschale anzuschlagen. Ton um Ton und Klang um Klang setzten sich die Schwingungen in behutsamen Wellen und immer weiter auseinanderströmenden Kreisen auf der Wasseroberfläche fort. Und der Teich tanzte! Er tanzte in Wellen und Wasserringen, die bis an das Ufer trieben. Der Teich griff nach den Seerosenblättern: Sie tanzten auf den Klangschalenklängen, wie es ihnen in den Sinn kam und wie sie es sich vorstellten! Der Zierkarpfen und der Goldfisch fassten sich an den Flossen und tanzten ebenso wie Tan-Pan am Ufer, der mit seinen Klangschalen das Echo über das Wasser gleiten ließ. Sie tanzten, bis der Abend die ersten Boten der Nacht aus seiner Sternenschatulle verschenkte und sich eine vorwitzige Sternschnuppe in die Schritte des letzten Tanzes einreihte. Und dabei blieb es.

Tan-Pan und Mondschwinge besuchten in jeder freien Minute den Teich und tanzten mit ihm, der Seerose, den Fischen und den Klangschalen. Als sie später sehr viel älter und sehr viel weiser waren, nahmen sie das Geschenk der Erkenntnis entgegen - dass man im Leben immer in dem Garten der Besinnung die richtigen Schritte des Tanzes und der Besinnlichkeit findet!

Dem habe ich nichts mehr hinzuzufügen. . .

Die Flug-Schale

Unter dem Gipfel des höchsten Berges der Erde hatte sich ein Adler-Pärchen seinen luftigen Horst eingerichtet. Ich will euch erzählen, wie es dort oben aussah: Natürlich war der Ausblick atemberaubend, nicht umsonst heißt es »das Dach der Welt«. Die Adler schauten auf die schneebedeckten Köpfe steinerner Riesen und auf die eisigen Flanken uralter Giganten. Das ganze Jahr über nagte der ungeduldige Sturm an Stein und Eis, schliff sein Monogramm in die Felsen und ließ Schneelawinen in die Täler donnern. Den Adler und seine Frau focht das alles nicht an, ihr Schwindel erregendes Heim klammerte sich seit Vogelgedenken bei Wind und Wetter an einen geschützten Felsvorsprung, unbeachtet von den entfesselten Naturgewalten. Das Adlerpaar zahlte seinen Preis für diesen exklusiven Wohnsitz: Hier fand der Frühling zuletzt die Kraft, den Winter von seinem Platz zu schmelzen. Und der wiederum setzte seine Nagelstiefel zuerst auf den Berggipfel. Trotzdem hätte das Adlerpaar um nichts in der Welt seinen Platz tauschen mögen. Sie genossen die elementare Kraft der Stille. Den heulenden, klagenden, flüsternden, zerrenden, bittenden Kanon des Sturmes. Das Knarren, Krächzen, Ächzen und Seufzen der behäbigen Gletscher. Die geheimnisvollen Stimmen der Geister, die dem Berge innewohnten und die noch nie eine lebende Seele zu Gesicht bekam. Die Adler lebten ungestört, denn die wenigen Menschlein, auf der Suche nach dem großen Erfolg und auf der Suche nach sich selbst, sie blieben nur für den Wimpernschlag einer Sekunde, um anschließend mit Angst und Heimweh im Herzen den Rückweg anzutreten.

Der größte Schatz, den die Adlerfamilie in ihrem Horst hütete, war eine alte Schale aus Metallen, die direkt im Mutterleib der Erde herangereift waren. Um diese Schale rankten sich zahllose Geschichten und Vermutungen, nur die Tatsache blieb, dass niemand ihren Ursprung zurückverfolgen konnte und wollte! Die Tatsache blieb auch, dass die Schale wie festgewachsen auf dem verzweigten Nestrand des Horstes ruhte und dem, der es begehrte, ihre Stimme lieh: Sie klang zart, unmerklich, wenn die transparenten Hände des Windes ihre Außenhaut berührten. Sie ließ ihre Schwingungen über die Berge gleiten, wenn der Adler nach einem gelungenen Tag eine Serenade spielte. Und sie klang in den Herzen, wenn das Leben sanft ihre Seele anschlug.

Das war wieder einmal der Fall, als eines Tages in dem Adlerhorst fünf Eierchen unter dem weichen, warmen Federbauch der Eltern ruhten - und als es an der Zeit war, fünf quicklebendige, lärmende und fordernde Adlerjunge ihren Anspruch auf ein Vogeldasein anmeldeten. Fünf weit aufgesperrte Schnäbel! Fünf mit krausem Flaum gekrönte Köpfchen, die sich auf neugierigen Hälsen zu den Wolken reckten, um auf ihre Eltern und auf die Mahlzeiten zu warten! Aber nicht neugierig genug, um die unglaubliche Höhe der Kinderstube wahrzunehmen! Denn lange Zeit versperrte ihnen die breite Brust des Vaters die Sicht, ebenso das gemütliche Bauchrefugium ihrer Mutter, an das man sich jederzeit bei kleineren und mittleren Missgeschicken flüchten konnte! Außerdem wurde ihnen rasch diese seltsame Schale auf dem Nestrand vertraut, wenn sie mit ihren dicken Schnäbeln dagegen pickten und staunend den lang anhaltenden Klängen lauschten.

Aber die beschützte, fast sorglose Kindheit im Adlerhorst näherte sich ihrem Ende, als die fünf Jungen flügge wurden und ihre Kräfte im Flügeldrücken und Schnabelaufsperren maßen. Vater und Mutter Adler waren der Meinung, dass nun die Zeit reif war und sich die

Kinder selbst um Nahrung kümmern sollten, und um ihre eigenen Wege zu fliegen.

Ja, fliegen! Zum ersten Mal rückten die Eltern am Nestrand zur Seite, ließen die Hand voll Adlerjunge an den Wänden der Schale auf die schier endlose Tiefe äugen. Der Nachwuchs schaute an den Höhenmetern entlang zum Gipfel hoch und hinab, um dann rasch und sehr erschrocken den Rückzug in das schützende Nest anzutreten. Die Adlerin spreizte die Schwingen, stellte sich in die Startposition, vergewisserte sich, dass die Jungen ihrem Beispiel folgten und ließ sich Flügel schlagend in die Lüfte gleiten. Die Kinder verfolgten gebannt das Schauspiel ihrer mutigen Mutter, wie sie sich einsam, so stark, so frei vor der Kulisse der grau-blauen Berge abhob! Einer nach dem anderen kletterten sie auf den Rand des Horstes, an ihre Flügel geklammert und die Augen halb geschlossen. Der Sturm zauste ihre Jungvogelfedern und blies ihnen die Angst höhnisch um die Schnäbel. Einer nach dem anderen plumpsten sie hörbar seufzend in ihre geborgene Heimstatt zurück! Jetzt zeigte der Adlervater, wie man fliegt! Er dehnte die elastischen Brustmuskeln, sträubte ehrfurchtgebietend das Gefieder und flog los, laut fiepend den Anspruch auf sein Revier erhebend. Erneut kletterten die Jungen auf den Nestrand, als einer von ihnen fast gestrauchelt wäre und im letzten Moment von seinen Geschwistern zurückgezerrt wurde. Wahrscheinlich hätten sie heute noch dort gesessen, wären nie flügge geworden, wenn nicht den Eltern wie so oft und immer wieder die rettende Idee gekommen wäre! Adlermutter und Adlervater schlugen gemeinsam mit ihren Flügeln die Schale auf dem Rand des Horstes an. Ganz behutsam senkten sich die Klänge und Schwingungen auf die fünf Adlerkinder, falteten sich unter ihren Flügeln wie ein Luftkissen zusammen. Klang um Klang wob sich ein sicheres Netz um die Adler, ließ sie größer und größer werden. Klang um Klang schwang sich um die Flügel, verlieh ihnen Kraft und Sicherheit. Und

Klang um Klang flog sachte aus dem Horst, verharrte in der Luft, reichte sich die Hände und hielt sie wie ein unsichtbares Tuch unter die Adlerjungen. Die stießen sich einer nach dem anderen vom Nestrand ab und ließen sich in die Tiefe fallen, eine Schrecksekunde lang an ihrem Mut zweifelnd, um kurz darauf das Auf und Ab ihrer Schwingen zu genießen. Mit jedem Heben und Senken schraubten sie sich höher und höher, dem Gipfel entgegen. Mit jedem Ein- und Ausatmen flogen sie rascher und sicherer auf ihrem vorbestimmten Weg, bis auf den höchsten Punkt der Erde! Dort warteten schon ihre Eltern auf sie, die Flugschale in ihren Flügeln.

In dieser Nacht hatte der Abendstern allen Grund zum Leuchten, denn die Adler saßen noch lange zusammen. Und in das ewige Seufzen des Windes mischten sich die begeisterten Erzählungen fünf junger Adler, die jeder für sich eine ganz persönliche Klang-geschichte erlebt hatten!

Die kleine Seidenstickerin

Wer in diesen Tagen die brausende Betriebsamkeit der Stadt hinter sich ließ und am späten Abend durch die fast unbeleuchteten Nebengassen schlenderte, der sah hinter einem Fenster zögerliches Kerzenlicht scheinen. Das windschiefe Häuschen stemmte sich gegen die Rücken der stabileren Brüder und dennoch verbreitete es unter dem aus spröden Tonziegeln gedeckten Dach eine ungeahnte Behaglichkeit. Wer an diesem Abend näher an das Fenster trat, um durch die blitzblanken Scheiben zu spähen, der konnte Nurgli, der kleinen Seidenstickerin, bei ihrer Arbeit über die Schulter spähen. Den kostbaren Stoff in duftigen Wellen über ihren Schoß gebreitet, eifrig stickend darübergebeugt, zu ihren Füßen eine wohlig schnurrende Katze. Ich will euch heute Nurglis Geschichte erzählen: Auf der von Stürmen besuchten, kargen und atemberaubend schönen Steinwiese auf dem Dach der Welt hatte sich Nurglis Familie ihr Wanderleben eingerichtet. Frei, wie der ungezähmte Nordwind, reich in der Seele mit dem Gefühl, dem zerfurchten Antlitz des höchsten Berges der Erde von Auge zu Auge gegenüberzuleben. Im Sommer ließ die Familie ihre zotteligen Yaks die spärlichen Halme grasen und im Herbst zogen sie in die nur wenig wirtlicheren Tiefebenen. Nurgli liebte den Frühling, wenn die Kraniche unter lautem Trompeten zu ihren Brutplätzen zurückkehrten. Den Sommer, der die kurze, flirrende Hitze wie ein Stundenglas über das Gebirge stülpte. Den Herbst, der verschwenderisch seine Farbeimer über Baum und Pflanze tropfen ließ. Und den Winter, wenn die Familie eng aneinandergekuschelt um das Lagerfeuer hockte, wenn im Kessel dampfender Ingwertee brodelte, der Wind an den ledernen Zeltplanen rüttelte und der Vater die Klangschalen auf den hart gestampften Lehmboden stellte. Auf ihre Kissen aus Flechte und Moos, die Klangschalen! Der Vater trieb sie seit Jahren aus Metallen, deren Zusammensetzung ein gut gehütetes Familiengeheimnis blieb.

»Was aus den Tiefen der Erde steigt«, erklärte der Vater, »das birgt ein selbstverständliches Geheimnis in sich.«

Nurgli nickte und strich bewundernd mit ihren Fingerkuppen über den Schalenrand, den bereits ein Windhauch zum Flüstern brachte. Der Vater zog aus einem Leinenbeutelchen die weichen Klöppel hervor und schlug die Schalen nacheinander an, ließ sie klingen und schwingen, bis sich die Planen des Lederzeltes in den Klängen zu wiegen begannen, bis selbst der Sturm eine Pause einlegte und die Berge mit beifälligem Grollen ihr fernes Ohr zu den Schwingungen neigten. Dann, zu den Klängen der Schalen, erzählte Nurglis Vater die alten Geschichten der frühen Zeiten. Nurgli lehnte ihren Kopf an die Schulter ihrer Mutter und schloss die Augen. Nie würde sie diese Momente in ihrem Leben vergessen, niemals! Mit jedem Ton der Klangschalen sog sie die glücklichen Augenblicke jener Winterabende in sich auf.

Doch auch Nurgli wurde größer, wurde älter und es blieb kein Zweifel: Sie musste, wie ihre Geschwister vor ihr, in die Stadt ziehen, um sich dort ihren Lebensunterhalt zu verdienen. Da Nurgli einen geschickten Umgang mit Nadel und Faden bewies und nicht nur die zerschlissenen Wollumhänge flickte, sondern auch stets eine kleine Stickerei hinzufügte, sollte dies ihre zukünftige Arbeit werden! Nurgli fand eine feste Anstellung bei einem alten Schneidermeister, der sich im Laufe der Jahrzehnte nicht nur einen krummen Rücken, sondern auch eine bekannte Werkstatt eingehandelt hatte. Zu seinem Kundenstamm zählten betuchte Händler, Kaufleute, Damen der höheren Gesellschaft, aber leider nicht der Zusatz »Kaiserlicher Hoflieferant«! Sehr zu seinem Verdruss, nahm er es seiner Meinung nach doch immerhin und schon lange mit den feinen Steppnähten des Hofschneiders auf! Als Nurgli an des alten Schneidermeisters Türe klopfte und um eine Anstellung bat, überlegte er nur kurz. Seine Augen waren nicht mehr so scharf wie einst im Kirschenmonat, seine Hände nicht mehr so wendig. Er konnte es nicht verleugnen, wenn ihm die Nähnadel manches Mal durch die Finger glitt. Da kam eine Hilfe recht gelegen! Nurgli sollte einen Monat zur Probe arbeiten, und nach den vier Wochen war es beschlossen: Das fleißige, geschickte Mädchen bezog ein Zimmerchen für sich alleine und durfte immer mehr selbstständige Arbeiten ausführen. Während sie gemeinsam nähten und stichelten, erzählte Nurgli dem alten Schneidermeister von ihrer Heimat, der Familie, den Tieren, den Pflanzen und den Bergen. Das half ihr, mit dem nagenden, brennenden Heimweh und der Sehnsucht nach dem Dach der Welt ein wenig besser leben zu können. Eines Nachmittages, sie nähten soeben das Hochzeitsgewand einer reichen Kaufmannstochter, maunzte es unter dem Fenster. Nurgli legte ihre Näharbeit zur Seite, um nachzuschauen, wer es sei. Da strich eine samtweiche Katze an der sonnendurchtränkten Lehmwand der Werkstatt entlang. Als Nurgli die Türe öffnete, schlüpfte die Katze an ihrem Bein vorbei in die Küche hinein, in der sie schnurrend und schmeichelnd um ein Schälchen Milch bat. Nachdem sie ihren Hunger und Durst gestillt hatte, legte sich die Katze unter Nurglis Fußbänkchen, als ob sie schon immer dort gelegen hätte! Der alte Schneidermeister freute sich über den unerwarteten Besuch und meinte, wem die Katze entlaufen sei, der würde sich schon darum kümmern. Und wenn nicht, hätte er Gründe, sie vor die Türe zu setzen! Nicht lange darauf kam die Kaufmannstochter in die Schneiderwerkstatt, um ihr Kleid anzuprobieren und Änderungswünsche anzumelden. Während Nurgli an dem Kleid zupfte und steckte, plapperte die Kaufmannstochter munter drauflos. Der Kaiser hatte Miu-San, seine wertvolle Tempelkatze, eigenhändig aus dem Palast geworfen! Das eigenwillige, eigenständige Tier weigerte sich, auf seidenen und samtenen Pfoten durch die herrschaftlichen Räume zu streifen. Lieber zog sie sich Holzpantinen über, um lautstark über die Mosaike und kostbaren Majolika-Fliesen zu klappern. Das duldete der Kaiser nicht - den Lärm und schlimmer noch, dass man sich seinen Anordnungen widersetzte! Die Kaufmannstochter beschrieb Miu-San in allen Einzelheiten und als sie endlich gegangen war, stellte Nurgli fest, dass es sich bei der ihnen zugelaufenen Katze zweifelsohne um eben jene Tempelkatze handelte. Der alte Schneidermeister, für einen Spaß zu haben, erinnerte sich an seine Kinderholzpantinen, die er als Erinnerung für seine Kinder aufbewahrt hatte. Nun, da sie lange aus dem Haus waren, ruhten sie in einem Lackkästchen. Unbenutzt und nahezu unversehrt. Nurgli streifte Miu-San die Holzpantinen über. Zum Glück fand sie zwei Paar für vier Pfoten, und die Katze lief glücklich klappernd über die Küchenfliesen in der Werkstatt!

Das Hochzeitskleid der Kaufmannstochter lag weiterhin auf dem Nähtisch, denn sie hatte es sich in den Kopf gesetzt, auf ihrer Hochzeit ein Kleid zu tragen, das über und über mit Lotusblüten bestickt war. Der Schneidermeister hielt sich jammernd den Kopf. Wie sollte er dem Wunsche nachkommen? Da bat Nurgli ihn um einen Seidenfaden und um eine feine Nadel. Bis tief in die Nacht hinein bestickte sie das Kleid und als es sich am nächsten Morgen ausgebreitet vor den Augen des sprachlosen Schneidermeisters wellte und rüschte, war es bestickt mit Feldern von Lotusblüten, wie sie die Natur nicht schöner wachsen ließ!

Damit stand Nurglis Zukunft fest. Sie wurde Seidenstickerin! Ihr Ruf verbreitete sich wie ein Lauffeuer, bald konnten sich der alte Schneidermeister und die kleine Seidenstickerin vor Aufträgen kaum noch retten. Der Schneider nähte Mäntel, säumte Schals ein, schnitt Kimonos zu, und Nurgli bestickte sie. Zu Nurglis Füßen maunzte Miu-San, die mit Holzpantoffel klappernd durch die Werkstatt huschte, um die Knäuel der Seidenfäden aufzuwickeln. Wenn Nurgli stickte, erzählte sie Miu-San von ihrer Heimat, ihrer Familie und von den Klangschalen. Die Katze wünschte sich, selbst einmal eine Klangschale zu hören. Nurgli versprach ihr, wenn sie genug Geld gespart hätte, Miu-San zu einem Besuch mit nach Hause zu nehmen. Der alte Schneidermeister zog sich immer weiter aus dem Geschäft zurück. Die kleine Seidenstickerin schien über Zauberkräfte zu verfügen! Sie stickte die herrlichsten Motive: Herbstastern, Glücksdrachen, Kraniche und Silberreiher. Wolkenmeere, Berggipfel und Sonnenaufgänge. Sie stickte mit den Fäden ihrer Erinnerung an die ferne Heimat. Denn schönen Erinnerungen ist die ganze Farbenpracht der Liebe und Sehnsucht zu Eigen. Nurgli fand immer neue Muster, neue Bilder, bis der Faden ihrer Erinnerung nahezu aufgebraucht war! Und das Schicksal seinen Lauf nahm: Denn dem Kaiser blieben die Kunstfertigkeiten der kleinen Seidenstickerin nicht verborgen, er gab einen seideren Thronmantel in Auftrag! Der Schneidermeister sah sich endlich am Ziel seiner Wünsche angelangt, er, der kaiserliche Hoflieferant! Er nähte einen prächtigen Mantel aus schwerer, knisternder Schantung-Seide, den Nurgli besticken sollte. Sie musste jedoch bestürzt feststellen, dass ihr die Fäden und die Erinnerungen, ihre Mustervorlagen, völlig ausgegangen waren! So sehr sie sich anstrengte, grübelte, nachdachte, ihr kam kein Motiv in den Sinn! Sie klagte weinend Miu-San ihr Leid, die bald darauf unbemerkt zur Haustüre hinausschlüpfte. Sie hatte vorher ihre Pantinen abgestreift und war auf Samtpfoten auf die Straße geschlichen! Nach einigen Stunden kehrte sie zurück und hielt in den Pfoten drei Klangschalen. »Eine für den Kopf, eine für das Herz und eine für die Seele«, wie sie wissend hinzufügte.

Wo sie die Klangschalen erworben hatte, das wollte sie nicht preis-

geben, weil, ich erzählte es euch bereits, Miu-San eigenwillig war! Dann begann sie, die Klangschalen anzuschlagen und mit jedem Ton, jeder Schwingung ließen sich die Erinnerungen wie Schmetterlinge und Blütenblätter auf Nurglis Händen nieder.

Sie begann, den Thronmantel zu besticken: Die Vorderseite mit den Abbildern von Sonne, Frühling und Sommer. Die Rückseite mit dem Mond, dem Herbst und dem Winter. Auf die Ärmel stickte sie die vier Winde und auf den Saum die Klänge, die Miu-San unermüdlich über die flinke Nadel gleiten ließ! Als der Morgen dämmerte, war der letzte Ton verklungen. Nurgli legte die Nadel aus den Händen und Miu-San den Klöppel aus den Pfoten. Der Thronmantel schimmerte wie eine aufgeschlagene Buchseite vor ihnen. Eine Seite aus dem Atlas der Welt! Getragen von den zahllosen Armen der Klangschalentöne, die sich wie ein Ring um den Mantelsaum schlangen.

Ihr wollt wissen, wie die Geschichte endet? Nun, der Kaiser war so angetan von dem Mantel, dass er Nurgli ein Königreich versprach. Und sie nahm es dankend an: Das Königreich ihres Fleckchens Heimat, mit Miu-San an ihrer Seite. Dort sitzen sie noch heute, im Schatten des Daches der Welt, sammeln Farben und Muster, sticken und lauschen den Klangschalen: Die kleine Seidenstickerin und ihre Tempelkatze mit Holzpantinen...

Eine Schale im Erdreich

Niemand vermochte sich daran zu erinnern, eine Dürre-Zeit von solcher Länge erlebt zu haben! Die Sonne trat mit Beginn des Frühlings in Erscheinung und sorgte seitdem dafür, dass die zaghaften Regenwolken im Keim von dannen trieben. So ließen erst die Blumen ihre Köpfchen hängen, dann die Sträucher und Bäume und zum Schluss die Ernte. Auch die Tiere unter der Erde litten große Not. Regenwürmer gruben sich tiefer und tiefer, in der Maulwurfsfamilie war seit Wochen Schmalhans Küchenmeister. Als sich die Lage merklich zuspitzte, fasste das Oberhaupt des Maulwurfsclans einen verzweifelten Plan: Einer von ihnen musste sich fortbuddeln, musste versuchen, irgendwo dort draußen Nahrung aufzutreiben. Da niemand von ihnen freiwillig bereit war, sich auf das ungewisse Abenteuer einzulassen, sollte das Los entscheiden! Was niemand von ihnen ahnen konnte: Das Oberhaupt des Clans hatte im Vorfeld die Lose heimlich in den Pfoten gehalten und seine Entscheidung längst gefällt. Maulwurf Max sollte sich aus ihrem geschützten Bau graben! Max war der Kleinste und Schwächste unter ihnen, mit herzlich wenig Muskeln und Mut ausgestattet. Es wäre kein Verlust, vielmehr ein hungriges Schnäuzchen weniger, wenn Max während seiner Exkursion auf der Strecke bleiben würde. Der Maulwurfsälteste war kein Untier, vielmehr zwang ihn die Not zu solch unglücklicher Entscheidung. Also, die Lose wurden reihum gezogen und wie es bestimmt war, der kleine Max zog den Kürzeren! Erstaunlich gelassen nahm er sein Los an, manche Dinge im Leben waren eben unabänderlich. Da erwies es sich als günstiger, sich mit ihnen zu verbünden, als sich die Nase an der stählernen Wand des Schicksals blutig zu stoßen. Max erhielt zumindest einen rostigen Klappspaten, ein rauchendes Karbitlämpchen und eine Pfote voll Proviant. Nach einer knappen Verabschiedung warf der Clan rasch hinter ihm die Türe zu. Teils aus Scham, den Kleinsten in das sichere Verderben zu schicken - und teils aus Ratlosigkeit, weil die Vorräte von Tag zu Tag schmolzen. Max fühlte sich so alleine wie schon lange nicht mehr. Hinter ihm die verschlossene Türe und vor ihm finstere Gänge und Erdmassen, die schier ins Nichts zu führen schienen. Max dachte sich, aktiv zu werden, dürfte besser sein, als drei Schritte hinter der Türe auf das Ende zu warten. Er zündete das Karbitlämpchen an und schwenkte in den nächstgelegenen Gang ein. Nachdem er sich einen Überblick über die Bodenart, das Gestein und die Wurzeln verschafft hatte, fühlte er sich wesentlich besser und sicherer. Das hier unten, das war sein Lebensraum, er musste nur noch diese klammernde Angst und lähmende Einsamkeit besiegen. Und wie gelingt einem das am Besten? Vielleicht, indem man nach Verbündeten, nach Weggefährten sucht!

Max rief leise in die Dunkelheit, ob hier jemand wäre, der ihn hören oder sehen könnte? Aber er vernahm nur den unregelmäßigen Schlag seines ängstlich pochenden Herzens. Es nützte nichts, Max drang alleine immer weiter und tiefer in das Erdreich vor. Teils benutzte er längst vergessene Gänge, teils musste er sich mit seinem Klappspaten vorarbeiten. In den Verschnaufpausen rief er immer wieder in die Dunkelheit, um seine Angst zum Schweigen zu bringen und um doch noch auf Hilfe zu hoffen. Als er schon gar nicht mehr damit rechnete, hörte er ein dumpfes Schnaufen und Schaufeln. Max sah in der Finsternis die zwei Zangen eines Hirschhornkäfers aufleuchten, den nicht die Not, aber der Erlebnishunger durch die Erde trieb. Der Käfer stellte sich als Wilhelm van de Leuwen vor, unehelicher

Spross alten Adels. Der Käfer war gesegnet mit unerschütterlichem Gleichmut gegenüber den Möchtegernen und Hagestolzen. Er sah seinen Mittieren erst in das Herz und dann in den Geldbeutel. Sofort empfand er Sympathie und Bewunderung für den kleinen Max, der eine schier unlösbare Aufgabe auf sich nahm. So gruben sie endlich zu zweit weiter, teilten das wenige, was sie besaßen und das viele, was man nicht mit Münzen aufwiegen kann - ihre Entschlossenheit, ihre Freundschaft und ihren Mut. Längst gaben sie es auf, ihre ver-

grabenen Tage in einer Strichliste zu führen, nur ab und zu streckten sie ihre Nasen nach draußen, um sich an den diamantenen Knöpfen der Nacht ihr Bild zu machen. Als sie wieder eines Abends nach den Sternen schauen wollten, stellten sie überrascht fest, dass die Luft angenehm und weich nach Lotosblüten und Teestrauch duftete.

Wilhelm war überzeugt davon, ein fernes, fernes Reich entdeckt zu haben. Müde und zufrieden beschlossen Maulwurf und Hirschhornkäfer, ihr Nachtquartier aufzuschlagen. Rasch schliefen sie ein, mit dem fernen Duft in den Nasen, traumlos und tief. Ihr Schlaf währte nicht von langer Dauer, denn, wachten sie, oder träumten sie, denn die Erde wurde von Schwingungen bewegt! Leichte, unmittelbare, sanfte Schwingungen, die sich in Wellen durch den Erdleib pflanzten. Max schreckte hoch, rüttelte Wilhelm an seinem Käferpanzer und geriet in leichte Unruhe. Es musste sich um ein Erdbeben handeln! Wilhelm verneinte, denn die Erde öffnete nicht ihren abgrundtiefen Schlund wie bei einem Beben - sie tanzte! Erdkrumen, Erdschollen, Sandkörnchen und Lehmbröckchen vibrierten vor Freude unter den Schwingungen, die offensichtlich von langer Hand gestreut wurden.

Da sahen sie im silbernen Mondlicht einen uralten Maulwurf mit einem Überwurf aus Brokat und Goldfäden. Mit einem Käppchen auf dem ergrauten Haupt, den langen Bart sorgfältig über den Gürtel gekämmt. Vor ihm stand eine Schale aus Metallen, die Max und Wilhelm unbekannt waren. Der alte Maulwurf schlug behutsam mit einem Filzklöppelchen gegen die Schale, Klang um Klang setzte sich in der Erde fort. Der Maulwurf in seinem kostbaren Gewand schien nicht sonderlich überrascht, als er die beiden Fremden sah. Und allmählich ahnte Max, wer der alte Maulwurf sein könnte. In seiner Familie wurde den Kindern gerne die Geschichte von dem Erdenmaulwurf erzählt, der in ruhigen Mondnächten mit seiner Klangschale auf dem Erdboden saß und die Schale anschlug. Durch die Schwingungen wurde den Saaten, Pflanzen und Keime in der Erde ihre Jahreszeit eingepflanzt, die Zeit, die sie zum Leben erweckte. Eine liebenswerte Mär, eben eine Kindergeschichte.

Oder doch nicht? Max rieb sich die Augen, der alte Erdenmaulwurf saß immer noch da und auch Wilhelm bestätigte staunend seine Anwesenheit. Der Erdenmaulwurf schlug immer wieder gegen die Schale, die Klänge schraubten sich in den satten Boden, hoben und senkten sich wie Möwen, die aus freiem Flug in das Meer tauchen. Und der weise Alte wusste, weshalb Max gekommen war und weshalb Wilhelm ihn begleitete. Aus den Falten seines Überwurfes zauberte er ein Beutelchen mit Saat, die Max nach Hause tragen sollte. Und, so prophezeite der Erdenmaulwurf, Max würde mit Wilhelm zu ihm zurückkehren. Er bat die Beiden, ihre Augen zu schließen, dann spielte der Erdenmaulwurf die Klangschale. Max und Wilhelm glitten lautlos auf den Tönen und Klängen durch die Erde zurück, den Wartenden daheim entgegen. Dort waren, buchstäblich in letzter Sekunde, die rettenden Regentropfen gefallen und hatten die Familie vor dem Hungertod bewahrt. Und in der feuchten Erde konnten Max und Wilhelm ihre Saat ausbreiten. Max wurde wie ein Held gefeiert, ihn, den sie so schmählich opfern wollten!

Aber ihr habt es bereits gehört, er blieb nicht bei ihnen, denn er wusste, dass es noch etwas zu tun gab.

Und so erfüllte sich die Prophezeiung des uralten Erdenmaulwurfes: Sie bringen inzwischen zu dritt die Klangschale zum Schwingen, um dem Wachstum der Pflanzen ihre Lebensweise einzuhauchen. Ein alter Weiser, ein junger Maulwurf und ein adeliger Hirschhornkäfer.

Die klingende Kinderstube

Der Buntspecht war ein umtriebiger, rechtschaffener junger Mann, der sein Gespartes zur Seite legte und nur an den Wochenenden im Gasthaus »Zum fröhlichen Zapfen« ein Gläschen Hopfenlimonade stemmte. Vor ungefähr einem Jahr hatte er sich selbständig gemacht, konnte stolz einen kleinen Zimmereibetrieb sein eigen nennen und was ihm nur noch zum Glück fehlte, das war eine nette Frau an seiner Seite. Es ergab sich, dass er bei einer weiter entfernten Spechtfamilie beim Innenausbau des Werkraumes helfen sollte. Da sah er inmitten seines Hämmerns, Pochens und Werkelns die schönste Buntspechtdame, die ihm auf dieser seiner Welt zu fliegen schien! Auch sie fand den jungen Handwerksmeister einen stattlichen Burschen und es dauerte gar nicht lange, da läuteten im Wald die Hochzeitsglocken! Man sprach noch Jahre später von der geselligsten Feier und dem atemberaubendsten Kleid der Braut aus Farnseide und Brombeerspitze! Der Buntspecht und seine frisch angetraute Ehefrau wohnten eine Zeit lang in seiner schlichten, doch gemütlichen Junggesellenhöhle und fühlten sich recht wohl.

Wenn man frisch verliebt ist, dann mag einem das Maigrün an den Tannenspitzen noch frühlingshafter, das Himmelsazur noch blauer und das Plätschern des Baches noch verträumter erscheinen! Der Buntspecht arbeitete in seinem Ein-Vogel-Betrieb und freute sich sehr, wenn er am frühen Abend in eine ordentlich gefegte Höhle zurückkehrte, durch die schon der Duft von leckeren Preiselbeer-törtchen waberte. Sie hätten dort wohnen können bis an das Ende ihrer Tage, wenn nicht die Spechtdame den Denkanstoß gegeben hätte, dass die Zimmerchen für den geplanten Nachwuchs viel zu klein waren. Das leuchtete auch dem Ehespecht ein und gemeinsam überlegten sie, wo es für sie erschwinglich, geräumig und angenehm zum Wohnen wäre. Nach reiflicher Überlegung kamen sie zu dem Schluss, dass eine selbstgezimmerte Wohnhöhle die beste Lösung darstellte! Also begaben sie sich auf den Flug und hielten im Wald Ausschau nach einem passenden Baum. Etwas komfortabel sollte es schon sein, mit einem Hauch Erlesenheit. Eine mächtige Eiche war das erträumte Fleckchen: eine sonnige Lichtung, herrliche Südlage mit sonnenverwöhnter Terrasse. Der Specht packte sein Werkzeug aus und begann mit seiner Arbeit. Das Holz war hart, die Späne flogen, doch er wusste, für wen er da werkelte, und der Gedanke daran spornte ihn an. Am Abend bezog das junge Paar die wohnliche Baumhöhle und wollte gerade das Licht auslöschen, als es über ihnen zu rumoren und zu poltern begann! Ein Getöse, Krabbeln, Rascheln und Quieken, als ob eine Heerschar Waldgeister ihren Unfug trieb! An Schlaf war nicht zu denken und an die Überlegun-gen eines Nestbaues schon gar nicht! Am kommenden Morgen zeig-te sich des Rätsels Lösung höchstpersönlich in Gestalt eines flinken Marders, der mit seiner Familie eine Etage über den Spechten wohn-te und bekanntermaßen zu den nachtaktiven Tieren gehörte! Abgesehen davon, dass auf seiner Speisekarte Vogeleier standen. . . Was blieb dem Spechtpaar anderes übrig, als die Sachen zu packen und sich auf die Suche nach einem neuen Heim zu machen? Sie wur-den bei einer Rotbuche fündig. Mächtige Zweige, die sich majestä-tisch zu einer Baumkuppel aufschwangen. Eine gute Lage im Mischwald, der Specht begab sich an die Arbeit. Bald darauf hörte man sein Pochen und Hämmern durch die Äste schallen, während seine Frau Haselnussbrote bestrich und ein Rindenkäffchen kochte. Noch bevor der Mond aufging, zogen der reichlich erschöpfte Specht und die Spechtin in ihr Quartier. Kurze Zeit später rüttelte sie ihren Mann am Flügel, um dem tierischen Geschnarche ein Ende zu bereiten. Er drehte sich um, murmelte, was denn los sei - und wurde endgültig wach, als die Sägetöne unvermindert anhielten! An Schlaf war nicht mehr zu denken und die Erwägungen, eine Kinderstube einzurichten, sie wurden haltlos. Das gleichmäßige Schnarchen hielt die gesamte Nacht an und am nächsten Morgen hörte unser Spechtehepaar, wie der Siebenschläfer unter ihnen auf seinen Balkon trat. Er gähnte lauthals und rief aus, wie wunderbar er geschlafen hätte! Nun ja, es bestand die Möglichkeit, zu bleiben oder fortzufliegen. Familie Specht entschied sich für Letzteres.

Eine gemütliche Tanne machte einen einladenden Eindruck, sie hatte etwas Weihnachtliches an sich. An ihrer Rinde klebte ein würziger Tropfen Harz, es schien ein glückliches Zeichen zu sein. Der Specht packte zum wiederholten Male seinen Werkzeugkasten aus und stellte fest, dass es schwerer war, als es aussah. Immer wieder musste ihm seine Frau mit einem Taschentüchlein das Baumharz von der Schnabelspitze tupfen, weil es sich als zäher, klebriger Werkstoff erwies. Am Abend, diesmal etwas später, lehnten sie müde und zufrieden an ihrer Wohnhöhle und schauten dem Mond zu, als ihre Eintracht jäh gestört wurde von einem wahren Zapfenregen, der von oben auf ihre Eingangstüre tropfte! Begleitet von Schimpfkanonaden und ärgerlichem Geknacke mit Zähnen und Pfoten. Das Eichhörnchen war dabei, sich seinen Wintervorrat anzulegen. Es interessierte sich nicht einen Pfifferling um die neuen Nachbarn, denen es hoffnungslos die Wohnung mit Zapfenabfällen und unflätigen Bemerkungen voll regnete. In Nullkommanichts stapelten sich bei Spechts vor der Hauspforte Unrat und Tannennadeln, und nur mit Mühe kämpften sie sich am nächsten Morgen durch den Berg der

Küchenhinterlassenschaften, zum Abflug bereit! Die Stimmung sank allmählich dem Tiefpunkt entgegen und die Spechtin erwog ernsthaft die Überlegung, lieber in die Firma ihres Mannes einzusteigen, als sich um eine Baumhöhle für den Nachwuchs zu kümmern. Doch so schnell gab ihr Mann nicht auf, er probierte sein Glück an einem Bergahorn. Der Specht hämmerte und pochte, dass es eine Freude war, und am Abend kuschelten sie sich gemütlich in der noch nach frischem Holz duftenden Höhle zusammen. Sie wünschten sich eine gute Nacht, und wollten die Augen schließen, als es in den Zweigen zu wispern, zu flüstern, zu rauschen und zu knistern begann! Der Wind hielt Zwiesprache mit dem Baum - die ganze Nacht! Erst gegen Morgen schliefen Spechts ein und waren demzufolge schlecht gelaunt. Den letzten Versuch starteten sie an einer gemütlichen Kiefer, die ihre Nadelbüschel von sich streckte und weit und breit unbewohnt zu sein schien! Nach etlichen Höhenmetern zirkelte der Specht sein Baugrundstück ab und wunderte sich schon beim Hämmern, was ihm da so unangenehm an den Flügeln stach? Der Spechtin, die die Rinde hoch kletterte, um ihrem Zimmermann eine erfrischende Waldmeisterbowle zu reichen, erging es nicht besser. Es kniff ihr beißend in die Füße! Und da sahen sie es: Über das Baugerüst krabbelten ganze Kompanien von Ameisen, die den Kiefernstamm als Zugbrücke zu ihrer Burg. . .
Ihr könnt euch vorstellen, wie rasch der Specht und seine Frau ihre Werkzeuge zusammenpackten und diese Nacht ohne Dach über dem Kopf auf einer Birke schlummerten.

Wechseln wir rasch den Schauplatz des Geschehens und begeben uns nur kurze Entfernung weiter zu einer kleinen Hütte im Walde. Dort wohnte in den Sommermonaten ein Mensch. Er war der Natur von Herzen zugetan und hier in der Stille und dem Reichtum fand er den Platz, nach dem er suchte. Das Fleckchen Erde zur Herstellung

seiner Klangschalen. Er trieb sie des Morgens aus dem reichen Metall, stellte sie des Mittags in das wärmende Sonnenlicht und am Abend, da polierte er sie und legte sie unter die Mondstrahlen, um ihnen die Ruhe und den sanften Frieden einzuhauchen. So waren seine Klangschalen weit über die Lande berühmt und geschätzt für ihre makellosen, seelenreichen Klänge. Eine besonders gelungene Schale hatte der Mensch auf die Wiese vor seiner Hütte gelegt und wollte, dass sie in dieser Nacht den aufregenden Zauber des Vollmondes in sich aufnahm. Der Mensch ging in seine Behausung, es war Zeit zum Schlafe. Da flogen der Specht und die Spechtin an die Hütte und entdeckten im Gras die leuchtende Schale! Neugierig hüpften sie näher, vergewisserten sich, dass keine Gefahr im Verzuge war und pickten an die Schale. Da erklangen die bewegendsten Töne, die wohligsten Schwingungen und die beruhigendsten Klänge. So schön und so deutlich, dass ihnen die Entscheidung leicht gemacht wurde. Und als am nächsten Morgen der Mensch nach seiner Klangschale schauen wollte, da sah er, wie in ihr eine Buntspechtin auf fünf Eierchen lag und der Ehevogel getreulich Wache hielt. Was blieb dem Menschen anderes übrig, als ein schützendes Dach über das brütende Vögelchen zu breiten und gemeinsam mit dem Buntspecht Wache zu halten? Ab und an ließen sie die Klangschale schwingen und singen, um der Spechtin die Langeweile zu vertreiben. Bis es endlich soweit war und fünf winzige Schnäbel an ihre Eitüre pochten. Kurz darauf begrüßten sie lautstark ihre Eltern und forderten das Futter ein! Die klingende Kinderstube blieb so lange, bis die Kleinen flügge wurden. Durch die Klänge der Klangschale schienen sie besonders stark und ihrer sicher zu werden. Sehr zur Freude ihrer Spechteltern und ihres menschlichen Ziehvaters, der ihnen unermüdlich die Wiegenlieder auf der Klangschale spielte.
Als sich die Spechtfamilie sehr viel später verabschiedete, versprachen sie, sich stets zu melden! Und wenn ihr melodisches Klopfen

durch den Wald hallte, genauso, wie sie die Schwingungen ihrer Kinderstube mit dem Takt ihres Herzens vermischten, dann wusste der Mensch stets, dass es dort draußen seine Klangschalenspechte waren, die da arbeiteten!

Die Wolkenschafe

Es ist hinlänglich bekannt, dass der Mond die Wolkenschafe hütet. Wie es dazu kam und was sich einmal ereignete, das will ich euch erzählen.

Als der Mond noch sehr jung war, wurde ihm die Aufgabe anvertraut, die Wolkenschafe zu hüten. Das hörte sich leichter an, als es tatsächlich war! Die Schafherde am Himmel führte ein wildes Eigenleben und sah gar nicht die Notwendigkeit ein, sich von einem Schäfer leiten zu lassen. Sie stob in alle Himmelsrichtungen, bockte in tollkühnen Sprüngen herum, ließ es regnen und schneien, wann immer es ihr passte. Der Mond sah sich nicht in der Rolle des Schäfers, er hatte ohnehin die Strahlen voll zu tun mit dem genauen Regeln der Gezeiten. Aber die Sonne meinte, wer derart zeitgenau Ebbe und Flut dirigieren würde, der könnte ohne weiteres die Wolkenschafe leiten! Der Mond hatte nicht viel bis überhaupt keine Erfahrung mit dem Schafehüten und da schien es vernünftig zu sein, sich mit den ihm Anvertrauten anzufreunden. Die Wolkenschafe drängten sich dicht an dicht mit ihren flauschigen Leibern in dem geräumigen Himmelsstall. Der Mond beobachtete sie und stellte bald drauf fest, dass sie drängelten, schubsten, knufften - aber alles in Ruhe und Schweigsamkeit, laut waren sie nicht! Der Mond pfiff durchdringend auf zwei Fingern. Er öffnete den Verschlag und vertraute auf eine rasche Eingebung. Aber die Wolkenschafe stoben an das Himmelszelt und nahmen in wenigen Augenblicken ihren Ritt mit dem Wind auf. Der Mond pfiff wieder, doch außer ein paar nahe stehenden Wolkenschafen nahm niemand von ihm Kenntnis.

Es dauerte einen Tag und eine Nacht, bis der Mond in mühsamer Kleinarbeit das letzte Schaf in den Stall trieb.

Das konnte kein Zustand auf Dauer bleiben! Der Mondschäfer regelte rasch seine Gezeitenuhr, um sich endlich erschöpft in einen Winkel seiner Umlaufbahn zurückzuziehen. Auf seine Pfiffe hörten die Wolkenschafe nicht, da musste etwas Neues überlegt werden! Und der Mond erinnerte sich an seine Kindheit, als ihm seine Mutter mit einem Glöckchen Lieder zur Nacht vorspielte, die ihn beruhigten, ihn entspannt werden ließen. Nun würde ein Glöckchen bei dieser Unzahl von Wolkenschafen sicher nicht den gewünschten Moment hervorzaubern. Doch der Mond nickte beifällig, als er dem Saturn seine Sorgen schilderte und dieser vorschlug, eine größere Schale zu schmieden. Gemeinsam begaben sie sich an das Werk und kurze Zeit später hielt der Mond eine prachtvolle, klingende Schale aus Kometenstaub und Sternenlicht in den Händen! Er eilte zur Schafkoppel und schlug die Klangschale an. Als die ersten Schwingungen über die Rücken der Wolkenschafe glitten, hörte rasch das Geschubse und Gedrängele auf. Die Schafe öffneten ihre Augen und Ohren und hörten endlich zu, was ihr Schäfer von ihnen verlangte. Der Mond schlug fortwährend seine Klangschale an und mit jedem Ton wies er die Wolkenschafe auf ihren Platz! Da waren die Frühlingslämmchen mit ihrem reinweißen Fell, die die Natur nach dunklen Wintermonaten erwachen ließen. Die Sommerschafe mit ihren üppigen Leibern, die ihr Wechselspiel am strahlend blauen Himmel spielten; zuckerwatteweich bei Sonnenschein, um plötzlich kurz darauf Blitz und Donner zu spucken. Die stürmischen Schafböcke im Herbst, die über das Firmament tobten und stoben. Und die stahlgrauen Alttiere des Winters, aus deren schweren Fellen die Schneeflocken rieselten. Jetzt, da der Mondschäfer die Klangschale spielte, zeigte sich die Wolkenschafherde lammfromm und trottete artig in einer Reihe aus dem Gatter. Der Mond wollte dennoch sicher sein und erwähnte ganz beiläufig den Stern Sirius im Bild des Hundes, der gerne Wolkenschafen, die nicht hören können, in die strammen Hinterteile zwickt. . .

Aber Dank der Klangschale verlief die Zusammenarbeit zwischen Mond und Wolkenschafen in ruhigen Bahnen. Wenn der Schäfer des Morgens das Gatter öffnete und den Tieren erklärte, welche Jahreszeit den Thron der Natur bestiegen hatte, schwebten die entsprechenden Wolkenschafe davon und erfüllten die zugewiesenen Aufgaben. Dem Mond bereitete seine zusätzliche Pflicht zusehends Freude. Ebbe und Flut regelten sich inzwischen fast von selbst, er musste sie nur anschubsen und zurückpusten, mehr war nicht zu bedenken. So blieb ihm genug Zeit für seine Wolkenschafe und bald darauf widmete er sich emsig der Zucht und ihrer Pflege. Ein paar jahrhundertelange Herzschläge später tummelten sich am Himmel etliche Neuzüchtungen: Schäfchen mit abendrosa Fell. Wolkenschafe mit einem feinen Regenschleier. Dick gestopfte Haufenwolken. Schafe mit glutroten Morgenlocken.

Der Mond zählte stolz die Häupter seiner Lieben und ließ sie nach wie vor zu den Klängen seiner Schale in die Himmelswelt hinaus. Am Abend, wenn die nachtschwarzen, sternengesäumten Vorhänge vor die Bühne des Zenits gezogen wurden, schlug der Mond abermals seine Klangschale an und die Wolkenschafe trotteten gehorsam heim.

Nun stand ein kleiner Stern morgens aus seinem Bett auf, weil er überhaupt nicht schlafen konnte. Er kreiselte heimlich ein Stück näher an den Morgen heran und schaute direkt in das helle Tageslicht. Es gleißte ihm in den Augen, er zwinkerte und blinzelte, bis sich der Stern an die unbekannte Helligkeit gewöhnt hatte. Was für eine lichte, fremde, spannende Welt! Der kleine Stern entdeckte die Wolkenschafe, ihr unablässiges Treiben, ihr ewiges Kommen und Gehen. Lämmer an die Beine ihrer Mutter gedrängt, Schneeschafe,

Sturmböcke, Gewitter-Widder. Und der kleine Stern sah den Mondschäfer, wie er mittels seiner klingenden Schale diesen schier endlosen Wust an Leibern hütete. Rasch wuchs in dem kleinen Stern der Wunsch heran, es dem Monde gleichzutun. Es musste herrlich sein, die knuddeligen Wollkörper über den Himmel springen zu lassen, ganz nach eigenem Belieben! Der Stern war in die Beobachtungen der Wolkenschafe vertieft, er malte sich in Gedanken aus, in welche Ecken der Himmelsbahnen er sie treiben würde. Dabei übersah er völlig die große Hüteschale, die der Mondschäfer auf seinen Knien hielt, sie anschlug und mit den Tönen seine ruhigen Anweisungen austeilte.

Dem kleinen Stern gingen die Wolkenschafe nicht mehr aus dem Kopf, er wollte einen günstigen Moment abpassen und den Großen beweisen, was er schon zu leisten imstande war! Er musste nicht lange warten, denn schon einige Jahre später hatte der Mond Schwierigkeiten mit einer Flut, die sich im Rad der Geschichte verfing und mühsam gelöst werden musste. Die Wolkenschafe drängten sich unruhig in ihrem Verschlag, die große Stunde des kleinen Sternes schien gekommen zu sein! Rasch kletterte er aus seinem Bett, vergewisserte sich seiner schlafenden Eltern, rannte über den Morgenhimmel bis zum Gatter und öffnete es! Die Wolkenschafe waren verwirrt, weil sie nicht ihre gewohnten Klangschalen hörten, keine beruhigenden Schwingungen auf ihrem Fell spürten. Unsicher trabten sie aus dem Verschlag, vorbei an dem stolzen Sternchen, der die Tiere in ihre Freiheit entließ. Kaum fühlten sie den Himmelsboden unter ihren Füßen, brach wieder das alte Durcheinander aus. Das Drängeln und Rempeln setzte ein, das Schubsen, Toben und Pusten. Ohne ihre vertraute Hüteschale und ihren Schäfer machten die Wolkenschafe wieder genau das, was sie wollten! Sie zogen der Sonne eine lange Nase und wehten fort, so dass die Menschen auf der Erde schutzlos zu schwitzen begannen! Eine Hand voll Wolkenschafe ereiferte sich beim Tropfen-Wettschütteln. Sie stellten sich nebeneinander, rüttelten und schüttelten sich, bis der Regen aus ihrem Fell perlte, um durch das wüste Rütteln kurz darauf in Sturzbächen vom Himmel zu fallen. Andere Wolkenschafe wiederum verteilten Blitz und Donner, sie warfen sich die Gewitterkeile wie einen Spielball zu und stoben auseinander, wenn ein Blitz auf die Erde schlug.

Kurzum, es herrschte ein einziges, heilloses Durcheinander!

Der kleine Stern hielt sich entsetzt die Ohren zu, rief immer wieder: »Aufhören! Aufhören!« Doch die Wolkenschafe kümmerte das nicht im Mindesten.

Inzwischen kehrte der Mond zurück. Er hatte die Flut aus ihrer misslichen Lage befreien können, das Rad der Geschichte neu gelenkt und wischte sich nun die ölverschmierten Hände an einem Lappen ab. Er freute sich schon auf seine Wolkenschafe, packte die Klangschale ein und ging hinaus zu der Schafkoppel. Zu seiner Bestürzung musste er feststellen, dass das Gatter geöffnet war! Sämtliche Tiere stoben draußen herum und ein bitterlich weinender, kleiner Stern deutete mit seinem Zeigefinger auf das Ausmaß des von ihm angerichteten Übels.

Da war guter Rat teuer und die Klangschale zur Hand!

Ohne zu zögern schlug der Mond die Schale an, die Wolkenschafe zuckten zusammen, merkten auf, hörten, spürten es genau: Eines nach dem anderen zuckelte gehorsam an die ihm zugewiesene Stelle und nahm seine Tätigkeit auf, als ob nie etwas vorgefallen wäre!

Dem kleinen Stern war das eine Lehre; in Zukunft fragte er, ob er dem Mond beim Schafehüten ein wenig helfen dürfe.

Natürlich, der Mond freute sich über die Gesellschaft, und ihr habt es euch bestimmt schon gedacht: Das Funkeln in den Klangschalen, das stammt von einem kleinen Stern. . . .

Walgesang und Klang

Die Prinzessin Seidenschuh besaß fast alles, was das Herz begehrte und das Auge in Reichweite erfasste. Die Räumlichkeiten im Schloss quollen über vor Sammelsurium, Trödeleien und wundersamen Dingen. Das Hausfaktotum Julius hatte sein Tun, um die zahllosen Vitrinen abzustauben, weitere Regalbretter einzuschrauben und die Vorhängeschlösser zu ölen. Julius war eine Grille, verehrte die Prinzessin Seidenschuh mehr als glühend und legte manches Rosenblatt heimlich und mit klopfendem Herzen neben die getane Arbeit, was sie hingegen kokett registrierte und sprachlos mit dem zierlichen Absatz ihrer Seidenpantöffelchen zur Seite schob. Und dann lebte zu den damaligen Zeiten noch Claudine, ein Heimchen am Herd. Sie war die rührige Küchenmagd, die dem exquisiten französischen Gourmet-Schmaus die persönliche Note hinzuwürzte. Es war eine Freude, Claudine durch die angelehnte Türe zu beobachten. Auf dem Herd brodelte es in diversen Töpfchen, Pfannen und Kasserollen. Aromatische Düfte waberten darüber hinweg; Claudine wirbelte zwischen Vorratskammer, Spüle und Weinkeller. Der Schlüsselbund zu den Verstecken der Köstlichkeiten klimperte fröhlich an ihrer Seite.

Auf dem Kopf ein täglich frisch gestärktes Häubchen und eine blütenreine Schürze umgebunden, war Claudine ein appetittlicher Anblick. Ihre heimliche Zuneigung galt Julius, dem sie manches Häppchen extra kochte, jeden Sonntag ein Hafersemmelchen buk und zu Weihnachten einen Glückstaler in seine Puddingschüssel legte. Julius mochte Claudine recht gerne, sie war eine angenehme Gesellschafterin. Aber der Prinzessin Seidenschuh, der konnte sie nicht das Wasser reichen!

So gaben sich die Tage und Wochen die Hand. Die Prinzessin zählte ihre Schätze, Julius und Claudine verbrachten ihre arbeitsfreien Tage am Hafen. Dort ankerte die winzige Nussschalenjolle von Julius, die er günstig erworben und mit Sachverstand restauriert hatte. Ein Holzsplitter als Mast, bunte Flicken als Segel, das im steifen Ostwind knatterte. Claudine hatte die Stoffrestchen, die beim Ausbessern der königlichen Garderobe abfielen, sorgsam aufgehoben und aneinandergesteppt. Ein schönes, farbenfrohes Segel war es, und sie hoffte, dass Julius die Jolle nach ihr benennen würde. Stattdessen pinselte er in wetterfester Farbe »Prinzessin I« an den runzligen Nussschalenbug. In Ermangelung seiner Angebeteten lud er Claudine zu den sonntäglichen Ausflügen ein und so ließen sich Julius und das Heimchen in den Sonnenuntergang treiben. Claudine packte immer ein Picknick-Körbchen und eine sehr, sehr kleine Schale ein. Dazu ein Klöppelchen, nicht größer als die Hälfte ihres Beinchens. Die Schale bekam Claudine einst von der Prinzessin Seidenschuh geschenkt. Sie war der winzigen Schale überdrüssig, seit sie der Prinzessin beim Betrachten aus den Händen geglitten war und sie die Schale nur mit Mühe aus den Teppichschlingen bergen konnte.
Claudine hütete das Kleinod, ließ sich von Prinzessin Seidenschuh die Herkunft und Bedeutung erklären und erzählte dem Klangschälchen all ihre Hoffnungen, Wünsche und Vergeblichkeiten. Wenn sie die Schale anschlug, wenn die Töne rein und klar in ihr Ohr, ihren Körper tauchten, fühlte sie sich ein wenig getrösteter, ein wenig verstandener und ruhiger. Es wurde Claudine zur lieben Gewohnheit, ihre Klangschale überall mit hinzunehmen und so saß sie auch heute neben Julius in dem schaukelnden Bötchen und ließ

die Schale sprechen. Sie dachte an Julius und Julius dachte an die ferne Prinzessin. Die Klangschale vibrierte leise, schickte ihre klingenden Worte auf die Herzensreise und das Wasser plätscherte gegen den schmalen Schiffsrumpf. Der Nachmittag gehörte ihnen und das war auch gut so, denn am kommenden Tag rief die Prinzessin ihren gesamten Hofstaat und die halbe Stadt zusammen. Sie hatte gehört, dass dort draußen auf dem Meer der Walgesang zu hören wäre. Der würde ihr noch in der Sammlung fehlen! Alle Männer von 18 bis 88 Jahren wurden aufgefordert, freiwillig natürlich, ihr diesen Walgesang zu beschaffen! Für Julius gab es kein Halten mehr, er sah die einmalige Gelegenheit gekommen, seiner Prinzessin zu beweisen, was zu leisten er imstande war!

Claudine bat ihn, von dem Plan Abstand zu nehmen, schließlich war die kleine Nussschalenjolle nicht hochseetauglich. Und, aber das dachte sie nur und behielt es für sich, es brach ihr das Herz bei dem Gedanken, dass Julius etwas zustoßen könnte. Er ließ sich nicht überreden und Claudine blieb nichts weiter übrig, als ihrem Grillenkameraden auf der Klangschale ein Abschiedslied zu spielen. Er war beschäftigt mit den Vorbereitungen, hörte nur mit einem Viertel Ohr hin. Jedoch, die Töne fanden ihren Weg bis zu seinem Inneren!

Am nächsten Morgen sollte der Startschuss fallen! Die Nussschale von Julius dümpelte zwischen schnittigen Segeljachten und stolzen Handelsschiffen. Claudine hatte das Segel ausgebessert und lange, lange Julius umarmt. Ihr war das Häubchen bis über die Nasenspitze gerutscht, so konnte man nicht ihre verdächtig feucht schimmernden Augen sehen.

Julius blickte gespannt zu der Prinzessin, die als Startsignal ihren bestickten Seidenschuh zu Boden fallen ließ. Es galt, den Walgesang zu finden und ihr zu Füßen zu legen!

Claudine winkte mit ihrem Schürzenband, Julius hisste das Segel, der

Schuh fiel! Die Jachten und Schiffe glitten wie der Pfeil aus dem Hafenbecken und hätten die kleine Nussjolle fast zerquetscht. Nur durch seglerisches Geschick gelang es Julius, den Kurs zu halten. Endlich gelangte auch er hinaus auf das offene Meer und verschwand rasch hinter dem Horizont. Kurz darauf schob der Wind die Schiffe in sämtliche Richtungen. Die Nussjolle mit Julius an Bord weit, weit nordwärts. Der Sturm zerrte an dem bunten Segel, und insgeheim lobte Julius Claudines ausgezeichnete Nähkünste!

Das Heimchen-Mädchen zog Abend für Abend herunter zum Hafen, setzte sich an die Mole und stellte ihre Klangschale auf den Boden. Sie schlug die Schale an, ließ die Töne über das Wasser gleiten und spähte sich die Augen nach der Nussschale aus...

Inzwischen waren etliche Wochen vergangen und die anfangs frohgemuten Abenteurer verloren die Geduld und die Freude an ihrer Aufgabe. Sie sahen Seepferdchen, hörten Delphine kichern und Möwen kreischen. Sie verfolgten den glitzernden Schuppentanz der Fischschwärme und beobachteten die fremde Welt in den Tiefen der Ozeane.

Einen Wal, den hörten und sahen sie nicht! Von einem Walgesang ganz zu schweigen! So drehten sie bei und trafen einer nach dem anderen wohlbehalten und ergebnislos im Hafen ein.

Claudine schlug jedesmal das Herz bis zum Halse, wenn die Ankunft eines Schiffes gemeldet wurde, und sie weinte still in ihrem Kämmerlein, weil es niemals eine kleine Nussjolle war!

Ungeachtet dessen lief sie Abend für Abend zum Hafen und schlug ihre Klangschale an. Wenn Julius dort draußen war, dann würde er sie hören und spüren, da war sie sich ganz sicher!

Julius kämpfte mit dem Heimweh, dem Wind und der vergeblichen Suche nach dem Walgesang! Ganz einsam fühlte er sich, ganz alleine. Da dachte er an Claudine, ihre gemeinsamen Nachmittage und an Claudines Klangschale. Julius summte leise die Melodien, die sie ihm auf der Schale vorgespielt hatte. Er sang sie sich laut vor, so gut er sich an sie erinnern konnte. Und plötzlich, als seine Töne sich in den Weiten des Wassers verloren, da tauchte neben der Nussschale ein grauer, muschelbewachsener Riese auf. So riesig, wie Julius noch nie zuvor ein Tier gesehen hatte! Der Riese pustete eine Fontäne in die Höhe, zwinkerte mit den winzigen Augen und dann sang er, stimmte in Julius Klanggesang ein, ließ seine gesamte Palette von Quiek-, Schnüffel-, Rausch-, Schnauf- und Fieplauten hören. Der Wal sang sein urtümliches, uraltes, bewegendes, berührendes, begleitendes Meereslied, sang seinen Walgesang. Julius streckte die Hände in das Wasser, streichelte den gewaltigen Rücken des letzten

Riesen ferner Zeiten und schöpfte einen Wassertropfen, der den Walgesang enthielt, wie es allen Meerestropfen inne ist. Dann tauchte der Wal ab und verschwand.

Julius verwahrte den Walgesangtropfen in einem eigens mitgeführten Kristallglas und verspürte nur noch einen Wunsch: Er wollte nach Hause!

Julius hisste die Segel, drehte bei - und musste bestürzt feststellen, dass der Kompass nicht mehr die richtige Richtung anzeigte. Julius wusste, was das zu bedeuten hatte: Er war verloren! In seiner Verzweiflung fiel ihm nur ein Name ein. »Claudine!«, rief er in die schweigende Nacht hinaus, »Claudine, hilf mir!«

Und sie hörte ihn, fühlte seine Not und Hilflosigkeit! Unverzüglich eilte sie zum Hafen, legte die Klangschale auf den Boden, zündete eine Kerze an und stellte sie in die Schale. Dann schlug sie die Klangschale an, schickte Licht und Ton unermüdlich spielend über das Meer. Das Lichtlein flackerte hell in der Dunkelheit, schwebte mit den Klängen höher und höher, ein klingender Leuchtturm am Hafenbecken. Die leuchtenden Klänge waren meilenweit zu sehen und zu hören. Bis hin zu einer kleinen Nussjolle mit einer fast verzweifelten Bootsmanngrille!

Julius schöpfte neuen Mut, als er in der Ferne den Leuchtturm sah und hörte, sich in die Riemen legte und mit einer glücklichen Strömung gen Hafen und Heimat treiben ließ. Claudine harrte an der Klangschale aus, bis Julius mit seinem Bötchen am Horizont auftauchte. Erst dann hob sie die Schale auf, blies die Kerze aus und zog sich unauffällig zurück, um der Prinzessin Seidenschuh die Bühne zu überlassen. Der Prinzessin in rauschender Festtagsrobe, die strahlend: »Mein Held!« ausrief und im selben Moment ihre Hand Julius und dem Kristallglas mit dem Walgesang entgegenreckte. Der Held, der leichtfüßig aus seiner Nussschale sprang, ihr galant das Glas überreichte, sich verbeugte und schnurstracks an der Prinzessin vorbeilief. Sie hatte ihn auch schon längst vergessen, weil sie mit dem Walgesang im Glas beschäftigt war. Und Julius lief weiter, bis zu einer Küchenmagd, die ihre Hände und ihre Klangschale verschämt hinter der Schürze barg. Doch Julius war die Grille der Tat.

Wortlos ergriff er Claudines zwei vordere Heimchen-Beinchen, schaute in die noch glimmende Kerze in der Klangschale und küsste Claudine im Anschluss daran direkt auf ihre entzückenden Lippen.

Was bleibt noch zu sagen? Ja, als sie schon längst verheiratet waren, saßen sie jeden Abend am Hafenbecken; ein Kerzlein in der Klangschale angezündet, spielten und sangen sie ihr Leuchtturmlied vom Walgesang.

Und er, der Wal, er tauchte nach jeder Strophe prustend auf. . .

Schmetterlingspost

Unter den schattenspendenden Blattfächern des Ginkgo-Baumes schlüpfte einst ein farbenfroher Seidenschmetterling aus seinem Kokon. Er rollte seine nagelneuen Flügel aus und taumelte verständlicherweise noch etwas zögerlich zu der Lotosblüte, die verträumt im Wind schaukelte. Der Seidenschmetterling streckte erstmals seine Fühler als geflügeltes Juwel in dieses ungewohnte Dasein und schaute sich langsam um: In seinem Raupenleben hatten Blätter und nochmals Blätter seine Sinne in Anspruch genommen.

Jetzt konnte er die Schönheiten der Welt genießen und, viel besser, er konnte an ihnen teilhaben! Der Schmetterling sog tief die mannigfaltigen Aromen der unzähligen nickenden Blütenköpfchen ein. Er spürte den Windhauch über seinen trocknenden Flügeln und die sanfte Wärme der Morgensonne. Er hörte den Chor unsichtbarer Stimmen von Grillen und Vögeln, die in den Nestern zwischen den Zweigen nach dem rechten schauten. Der Seidenschmetterling spürte mit jeder Faser seines Körperchens das vibrierende, pulsierende Leben aus Farbe, Melodie und Berührtsein. Nun war das Alles für ihn ein neues Erlebnis, eine bis dahin unbekannte Erfahrung. Und was uns jeden Tag geboten wird, das nehmen wir wahrlich oft genug nicht mehr zur Kenntnis. Nicht so unser Schmetterling!

Einige Wochen seines Lebens waren still und heimlich verstrichen und er freute sich wie am ersten Tag über die lebende, lebendige Bühne mit all ihren Kulissen, die seine Atemzüge bestimmten. Da beschloss der Schmetterling, ein Briefchen zu schreiben. Er setzte sich, ausgerüstet mit einem Blättchen des Ginkgo-Baumes, einem Federkiel, einer Sperlingsdaune und einem Fässchen Blütenstaubtinte unter eine Schwertlilie. Der Schmetterling wusste nicht, an wen er das Briefchen richten sollte, und dachte, wem es gelten würde, der würde es schon finden. Mit klaren, säuberlichen Buchstaben schrieb er auf das Briefblättchen: »Ich freue mich über das, was ich erleben durfte und dafür möchte ich danke sagen!« Zufrieden las der Seidenschmetterling den Text durch, legte das Schreibwerkzeug zur Seite, faltete sein Blättchen zusammen und flog davon. Er wollte einen geeigneten Postboten finden, dem er sein Briefchen anvertrauen konnte. Der große Ginkgo-Baum wusste bestimmt einen Rat, stark, mächtig und alt, wie er dort stand.

»Baum«, flüsterte der Schmetterling, »Baum, kannst du mein Briefchen tragen?«

Der Ginkgo-Baum schüttelte vor Lachen seine Zweige und meinte, das wäre das Dümmste, was er jemals gelesen hätte. Ein Schmetterlingszwerg, der sich für so wichtig hielt, einen Brief zu schreiben. Es wäre schließlich selbstverständlich, dass im Sommer die Sonne scheint, dafür müsse man sich nicht bedanken!

Also flog der Schmetterling zu der Lotusblüte, die sich ausreichend und ausdauernd in dem Spiegel des Gartenteiches betrachtete, restlos zufrieden mit ihrer Schönheit und Anmut.

»Lotosblüte«, flüsterte der Schmetterling, »Lotosblüte, kannst du mein Briefchen tragen?«

Die Blüte hielt es nicht einmal für nötig, ihren Blick von dem Seespiegel zu wenden. Sie fragte gelangweilt den Seidenschmetterling, was es derart Wichtiges gäbe, um sie in ihrem Tun zu stören. Er trug ihr sein Anliegen und den Brieftext vor, sie schnippte mit den Blättern: »Törichtes Tier! Weißt du nicht, dass es selbstverständlich ist, dass wir bei guter Sonne und warmem Regen wachsen? Wozu sollte man sich da bedanken?«

Der Schmetterling flog weiter und landete an der Küste des Meeres. Die Wellen trieben ihr Spiel, Schaumbälle stoben auf, die tiefe Kraft des Ozeans schien dem Seidenschmetterling endlich der richtige Postbote zu sein »Meer«, rief er hinaus, »Meer, kannst du mein Briefchen tragen?«

»Nein«, brüllte das Meer ärgerlich zurück, denn es war unter seiner Würde, für dieses Nichts von Kreatur einen Botendienst anzunehmen. »Nein, wieso sollte ich? Der Mond, der ewige Mond ist mein Verbündeter. Er lässt mich kommen und gehen, das ist selbstverständlich. Weshalb sollte ich dafür danke sagen?«

Und der Schmetterling flog weiter. Flog auf die Bergspitze, setzte sich auf den Granitfelsen, der seit ewigen Zeiten auszuharren schien und flüsterte: »Felsen, kannst du mein Briefchen tragen?«

Eine Steinlawine rollte donnernd in das Tal und war die Antwort auf die Frage: »Nein, ich stehe hier seit Anbeginn des Anfanges. Niemand ist stärker als ich. Das weiß jeder auf der Welt. Wieso soll ich dafür danke sagen?«

Der Seidenschmetterling flog weiter, eine letzte Hoffnung blieb ihm noch. Er suchte auf einem Grashalm Platz und wartete, bis es zu wehen begann.

»Wind«, flüsterte der Schmetterling, »Wind, kannst du mein Briefchen tragen?«

Der Wind zerrte ungeduldig an den Flügeln und dem Blättchen: »Ich kann Bäume entwurzeln und Samen ausstreuen. Ich kann Meere entfesseln und Regen vertreiben. Ich bin der Herrscher des Wolkenpalastes. Das weiß jeder, das ist selbstverständlich und dafür muss ich nicht danke sagen. Erst recht nicht du unnützer Winzling. Flieg fort mit deinem dummen Briefchen!« Und er packte den entmutigten Schmetterling an den Flügeln und pustete ihn weit, weit fort! Unterdessen saßen in einem Steingärtchen ein sehr weiser Lehrer und seine Schüler im Kreis um eine Schale herum. Der Lehrer schlug mit einem Klöppelchen die Schale an, die Schüler schlossen die Augen und lauschten den Klängen und Tönen, die den metallenen

Wänden entstiegen und sich wie ruhige Kreise über sie legten.

»Das ist eine Klangschale«, erklärte der Lehrer seinen Schülern, »sie ist. . .« Weiter kam er nicht, denn genau in die Klangschale plumpste der erschöpfte Schmetterling mitsamt seinem Briefchen.

Die Schüler lachten, bis ihnen ihr Lehrer Einhalt gebot: »Es zeugt nicht von Weisheit, einen Suchenden zu verspotten!« Er fischte den Seidenschmetterling behutsam aus der Klangschale und hielt ihn in seiner halb geöffneten Hand.

Das Tierchen, dem die letzten Töne der Schale noch im Ohr klangen, fühlte sich erleichtert, unsicher und geborgen zugleich. Als er die gütigen Augen des Lehrers auf sich ruhen sah und eine neue Welle von Tönen und Klängen über den Steingarten floss, fasste der Schmetterling Mut: »Ich habe einen Brief geschrieben!«

Wieder lachten die Schüler und wieder wurden sie von ihrem Lehrer ermahnt: »Einen Brief zu schreiben, das bedeutet, ein unwiderrufliches Zeugnis abzulegen. Das erfordert Mut!« Die Schüler schwiegen.

Der Schmetterling faltete sein Blättchen auseinander und trug seinen Text vor. Die Schüler kicherten, denn auch ihnen schien es selbstverständlich, hier im Sonnenschein bei Klängen und froher Laune an der Seite ihres Lehrers zu sitzen!

Doch der Weise streichelte dem Schmetterling über das Köpfchen und nickte anerkennend: »Das ist das Maß der Dinge. Den Moment zu schätzen, denn er kommt nicht wieder. Den Augenblick zu wahren, denn er lebt in unserer Erinnerung fort. Die Zukunft nicht zu üppig zu bewerten, denn wir leben jetzt. Und bei all dem danke sagen zu können, denn nichts ist selbstverständlich. Die Unbeständigkeit ist der Preis des Lebens. Du hast gut daran getan, kleiner Schmetterling, diesen Brief zu schreiben!« Dann wandte er sich an seine Schüler: »Ihr solltet dem Schmetterling folgen!«

Da griffen die Schüler, auf einmal sehr schweigsam, zu Tusche und Papier und schrieben, jeder für sich, ein ganz persönliches Briefchen und legten es zu dem des Schmetterlings in die Klangschale.

Daraufhin durfte der Schmetterling die Schale anschlagen, Klang um Klang stieg in die Luft und mit den Klängen die Briefchen. Sie tanzten, sie wirbelten, sie fassten sich an den Händen, und sie stiegen in einem fröhlichen Reigen höher und höher in den Himmel, bis sie nicht mehr zu sehen waren.

In der Zwischenzeit war es den Postboten, die das Briefchen des

Seidenschmetterlings abgelehnt hatten, gar nicht gut ergangen! Die Sonne hatte sich zurückgezogen und den Ginkgo-Baum zitternd vor Kälte alleine gelassen, so dass viele seiner Blätter vorzeitig zur Erde fielen. Die Lotusblüte musste eine Hitzewelle erleben, die ihren Spiegelsee nahezu austrocknen und ihre Schönheit welken ließ. Eine Mondfinsternis brachte die Gezeiten des Meeres hoffnungslos durcheinander; Sturm, Regen und Sanddünen nagten an dem Felsen, bis ihm ein gewaltiges Stück aus seinen Flanken brach. Der Wind säuselte nur noch wirkungslos, weil sich sein Wolkenpalast in Luft auflöste.

Aber der weise Lehrer wäre nicht weise gewesen, wenn er nicht um den Zustand der Selbsteinsicht gewusst hätte. Mit Hilfe seiner Klangschale schickte er die Briefchen des Seidenschmetterlings und seiner Schüler in die Welt hinein, wo sie schließlich an Baum, Blüte, Meer, Fels und Wind liegen blieben. Sie wurden verstohlen aufgehoben und beschämt gelesen. Nein, nichts war selbstverständlich und was hielt davon ab, einmal ein ehrliches »Danke« zu äußern? Schließlich kostete es nichts und schenkte etwas zurück: Nämlich für einen Herzschlag lang einen Blick auf den Sinn des Lebens zu erhaschen. . . .

Der Schmetterling schrieb noch sehr viele Briefchen und fragte nie wieder einen Postboten, ob er ihm das Briefchen forttragen könne. Denn er besaß nun seine Klangschale und die Postboten hatten zudem wenig Zeit, denn sie schrieben mit. . .

Schnee-Klänge

Unterhalb der langen Schatten des Klosters »Freundlicher Jadestern« lebte einst ein armer Mensch. Er nannte eine windschiefe Lehmhütte sein eigen, eine offene Feuerstelle und, wie er es zu bezeichnen pflegte, »den größten Garten der Welt«. Im Frühling erstreckten sich die Bergwiesen zu seinen Füßen mit ihren flammenden Köpfchen unzähliger Blüten, denen in den kurzen Sommern ein geballtes Leben beschieden war. Im Winter, als die malmenden, rupfenden Schneeziegen längst in den Tälern auf wärmere Zeiten hofften, hielt der Frost Hof. Mit seinem Gefolge aus Kälte und Eis verwandelte er die stillen Höhen in einen Kristallpalast, in dem nur die Stärksten überleben konnten.

Der arme Mensch wurde von den anderen Menschen aus dem Tal bewundert und bedauert; je nachdem. Oft hatte man ihm ein leichtes Leben in Aussicht gestellt, er hätte nur seine Lehmhütte auf den Bergen mit einer Hütte in den Niederungen tauschen müssen. »Doch«, so lautete sein Entschluss, »was würde es an meiner Armut ändern? Da bleibe ich lieber in den unbeugsamen Armen der Felsen liegen!« Sobald die Sonne hervorlugte und der Schnee tröpfelnd im Bergbach in die Täler schmolz, brach der arme Mensch zu frühester Stunde auf, um sich in den Teeplantagen ein karges Zubrot zu verdienen. Er pflückte, er sortierte, er pflanzte, er sorgte sich mit Liebe und Aufmerksamkeit um die Sträucher - so, wie er diese Achtung allen Lebewesen der Natur entgegenbrachte. Nach seinem anstrengenden Tagwerk, in dem ihm nicht ein einziges Mal ein Seufzer über die Lippen kam, hielt der arme Mensch dem Plantagenbesitzer ein Schälchen entgegen. Hier hinein wurde sein Lohn gelegt: manchmal eine Wochenration Reis, ein Pfund Tee der dritten Pflückung, eine Hand voll Früchte oder ein paar Nickelmünzen. Herzlich wenig im Gegensatz zu dem, was der arme Mensch leistete. Aber er wagte nicht, aufzubegehren, aus Angst, seine Arbeit zu verlieren.

So ging der Sommer in das Land, der rasche Herbst warf seine goldenen Netze aus und in den Morgenstunden glitzerte der erste Reif. Bald schon kehrte der Winter ein und der arme Mensch musste noch sparsamer mit den Vorräten aus seinem Schälchen haushalten. Obwohl in den unerbittlichen Monaten seine eigentliche Arbeit begann: Der arme Mensch lief stundenlang, dick vermummt und eingehüllt in einen Umhang aus Yak-Wolle, durch das Schneetreiben und schaute, wo seine Hilfe gebraucht wurde. Er fand Schnee-Eulen, die halb erfroren in den Eiswehen kauerten, um an der kleinen Feuerstelle in der Lehmhütte ihre Lebensgeister aufzutauen. Der Mensch zeigte verirrten Schneeflocken ihren Weg und Eiskristallen die Kunst, sich zu gläsernen Schönheiten zu formen. Er bat den Wintersturm, nicht allzu heftig die Gipfel zu bedrängen. Und der Mensch streute jeden Morgen genau die Hälfte von dem wenigen, was er besaß, vor die Hüttentüre, damit es von dankbaren Schnäbeln und Mäulern rasch aufgepickt, verzehrt werden konnte. Eines Abends rüttelte der Sturm unbarmherzig an den Fensterläden, das Licht des Butterlämpchens flackerte auf dem grob gehobelten Küchentisch. Normalerweise würde keine Menschenseele ihren Fuß vor die Türe setzen! Nicht so unser armer Mensch, denn er fühlte, dass da draußen, in jener unbarmherzigen Winternacht, eine verzweifelte Kreatur auf Hilfe hoffte! Der Mensch nahm den Umhang vom Haken, wickelte sich hinein, zog sich die Kapuze bis tief über die Stirn, griff nach seiner Laterne und kämpfte sich in die brüllenden Naturgewalten. Fast raubten ihm die Kälte und die Finsternis den Atem, nur mühevoll rang er dem knirschenden Schnee Schritt um

Schritt ab. Er hielt seine Laterne in die Dunkelheit und rief immer wieder: »Hallo! Hallo, ist dort jemand?«

Seine Rufe verhallten in den entfesselten Winden, als er plötzlich fast über ein regloses Bündelchen gestolpert wäre, das da vor ihm im Schnee lag! Der Mensch bückte sich und fasste in ein vor Kälte erstarrtes Fell. Er klaubte das Bündel auf, verstaute es unter seinem Cape und tappte mühsam, vom schwachen Schein der Laterne beleuchtet, in seine Lehmhütte zurück. Behutsam befreite er das Fellbündel aus seiner Wollummantelung und legte es vor das gemütliche Feuerchen der glimmenden Holzscheite. Aus dem verkrusteten, eisbedeckten Fell kamen eine schwarze Nase zum Vorschein, lange Augenwimpern und Schnurrbarthaare, an denen Frostzapfen glitzerten. Ein junger Schneeleopard! Der Mensch rieb das völlig unterkühlte Tier tüchtig warm, wusch ihm das verschmutzte Fell ab und stellte ihm sein Schälchen mit dampfender Ziegenmilch hin. Es war wahrhaftig keine Minute verfehlt, sonst hätte es den Schneeleoparden das Leben gekostet! Nach und nach kam er wieder zu sich und leckte dankbar die warme Milch aus dem Schälchen. Dann berichtete er, was passiert war: Er wollte vor dem drohenden Schneesturm in die tiefer gelegenen Täler wandern und war dabei von dem Unwetter überrascht worden. Überall um ihn herum nur noch Schnee und Eis, er hatte völlig die Richtung verloren. Und wäre der arme Mensch nicht seinem letzten, verzweifelten Ruf gefolgt, ja, diesen Satz mochte der Schneeleopard nicht zu Ende sprechen.

Diesen Winter blieb er bei dem armen Menschen in der Lehmhütte und er erwies sich als bescheidener, belesener Gast. Mensch und Tier teilten brüderlich ihr Dasein und als der Frühling kam, war es dem Menschen, als ob der Winter wesentlich rascher vorbeigezogen wäre. Den Schneeleoparden trieb es wieder in die Berge zurück und der arme Mensch musste seine Arbeit in den Teeplantagen wieder aufnehmen. Die Zeit des Abschieds war gekommen und der Mensch reichte dem Schneeleoparden das, was ihm am meisten bedeutete - sein Proviantschüsselchen. Und der Schneeleopard legte dem Menschen einen winzigen Schlüssel in die Hand: »Geh und schließe damit die Bergpforte auf!«

Nach einer herzlichen Umarmung und verstohlenen Tränen trennten sich ihre Wege. Der arme Mensch verwahrte das Schlüsselchen sorgfältig an einem Band um seinen Hals, als er sich aufmachte, seine Teesträucher zu umsorgen. Am Abend jedoch, als er seinen Lohn erhalten sollte, da stellte er bestürzt fest, dass ihm sein Schüsselchen fehlte! Er öffnete stattdessen beide Hände und ließ sich hier hinein seinen Lohn auszahlen. Fast reute ihn, das Schüsselchen dem Schneeleoparden geschenkt zu haben. Doch als er an die vielen schönen, gemeinsamen Stunden in dem einsamen Winter dachte, schalt er sich schuldbewusst einen törichten Narren.

Der Mensch trug vorsichtig seine Hand voll Lohn nach Hause, bis er jedoch unterwegs stolperte, der Länge nach hinschlug und die Reiskörnchen in alle Winde purzelten! Da klirrte, als sich der arme Mensch aufrappelte, das Schlüsselchen des Schneeleoparden gegen einen Stein und er erinnerte sich der Worte: »Geh und schließe damit die Bergpforte auf!« Der Mensch nahm das Band von seinem Hals und steckte das Schlüsselchen in den Stein, der sich ächzend und knarrend zur Seite schob, um den Blick auf eine Fülle verschiedener Metalle freizugeben, die im Mutterschoß der Erde ruhten! Der Mensch eilte zu seiner Hütte, holte einen Hammer und klopfte sich so viel von dem Metallgestein ab, wie er zur Herstellung eines neuen Schälchens benötigte. Er schob den Stein zurück, schloss ihn ab und trug seine kostbare Ladung nach Hause. Er schmolz das Metall, er trieb eine Schale, er pfiff vergnügt während der Arbeit, er schwitzte, er dachte, ihm würde ein Schneeleopard über die Schulter hinweg zuschauen. Als der Mensch am Abend das fertige Stück seiner Mühen in Händen hielt, war er stolz und zufrieden. Ein makelloses, fein poliertes Schälchen! Zur Probe schlug er mit einem Hölzchen die Schale an - und kam aus dem Staunen nicht heraus: Hell, klar, unmissverständlich und die Seele bewegend klang die kleine Schale in die Welt hinaus. Der Mensch hatte eine Klangschale getrieben, ein schwingendes Juwel!

Was soll ich euch noch erzählen? Natürlich, der arme Mensch legte nicht nur seinen Tageslohn in das Schälchen, er brachte es auch zum Schwingen, wann immer des Schälchens Stimme gewünscht wurde! Und in den Winternächten, da erwärmten Schneeklänge die schweigende Landschaft. Sie zündeten ein klingendes Lämpchen in so mancher finsteren Stunde, ließen die Hoffnung auf das Frühjahr wachsen - und einen Schneeleoparden den Weg zu seinem wartenden Freund finden. . .

Von Klängen und Kunststücken

Der Wanderzirkus »Fliegende Seifenblase« konnte in der Tat viele Attraktionen aufweisen: Feuerschlucker, Löwendompteure, Drahtseilartisten und als Höhepunkt »Roger und seine Seehundparade«. Vorstellung für Vorstellung verfolgten die Besucher begeistert und lebhaften Beifall spendend den Auftritt von Roger und den gelehrigen Tieren. Die kleine Schar war mittlerweile auf sechs Seehunde angewachsen, die ihren Traum von einem Leben im offenen Meer zugunsten von Ruhm und Plakatankündigungen aufgegeben hatten. Und so arbeiteten sie Flosse an Flosse mit ihrem Dompteur die unglaublichsten Kunststücke aus: Sie watschelten über Hindernisse, tanzten Walzer im Dreiviertel-Takt und balancierten vom Tennisball bis zum Windrädchen nahezu alles auf ihren empfindlichen Nasen. Als Belohnung kassierten sie den obligatorischen Heringshappen und richteten sich ihr Zirkusdasein ein so gut es eben ging. Ihr Balanciertalent war ihnen in die Wiege gelegt, es vererbte sich selbstverständlich vom Großvater auf den Vater und auf den Sohn. Bis in der Seehundfamilie Leonie geboren wurde, ein wirklich entzückendes Seehundmädchen mit langen Schnurrbarthaaren und seelenvollen, feuchten Augen. Leonie wurde rasch der Liebling der Zirkusbesucher und eines Tages befand Roger, dass es nun an der Zeit wäre, die unbeschwerte Kindheit gegen das tägliche Training einzutauschen. Leonie robbte in die Manege, empfand das Sägemehl an ihren zarten Flossen als äußerst unangenehm und stellte sich dennoch erwartungsvoll in Positur, um Roger nicht zu enttäuschen. Doch statt der Leckerli beförderte Roger eine Hand

Jonglierbälle aus der Jackentasche. Er warf sie den Seehunden zu, sie fingen die Bälle mit den Nasenspitzen auf und begannen sie zu balancieren. Dann warf Roger Leonie einen Ball zu, die erschrocken zurückwich und den Ball statt mit ihrer Nase mit den Flossen auffing. Roger schüttelte ärgerlich den Kopf, erklärte Leonie, worauf es ankam und was sie zu beachten hätte. Sie solle aufmerksam ihre Familie verfolgen und lernen, was schließlich jeder Seehund kann. Roger warf nun Wasserbälle, die Seehunde fingen sie erneut, Leonie zog den Kopf ein und ließ den Ball an ihrer Flanke abprallen. Roger verlor allmählich die Geduld, doch als ihn Leonie mit ihren treuen Augen bittend ansah, verflog sein Zorn. Und er dachte bei sich, dass sie noch recht jung wäre und nicht jeder wie ihre Eltern die Jonglierkunst mit dem ersten Löffelchen Heringsbrei aufgesogen hatte. Die kommenden Trainingsstunden zogen sich in die Länge: Das Sägemehl zwickte nach wie vor an den Flossen, Leonie schmerzte die Nase von den vielen Bällen, die ihr knapp um die Ohren flogen und die sie bestenfalls mit den Flossen auffing. Roger probierte es mit Wollknäueln, mit Tennisringen, mit Jonglierkeulen, mit Äpfeln, Nüssen, Seifenblasen. Es half nichts, Leonie zeigte entweder Angst vor dem, was da auf sie zugeflogen kam, sie klatschte die Gegenstände mit den Flossen fort - oder sie brachte, wenn ihr etwas durch Zufall auf der Nase landete, nicht eine einzige Sekunde das Kunststück der Balance zustande. Allmählich spielte Roger mit dem Gedanken, Leonie an einen Zoo zu verkaufen. Wenn sie sich schon als unnütz im Zirkus erwies, war sie hübsch genug, um in einem Seehundbecken ihre Runden zu drehen. Leonies Eltern hatten ihre Tochter einerseits lieb, andererseits fürchteten sie das Ende der eigenen Karriere. Und so verwunderte es nicht, als eines Morgens nach dem Frühstück, pünktlich zum Trainingsbeginn, niemand sonderlich beunruhigt über das Fehlen von Leonie war. Ihre Eltern übten an einer besonders schwierigen Passage des neuen Programmes und Roger suchte nur sehr halbherzig das Zirkusgelände ab. »Manche

Dinge regeln sich von selbst«, dachte Roger und bald darauf nahm die Trainingsstunde die Aufmerksamkeit aller in Anspruch.

Wo aber war Leonie? Das Seehundmädchen hatte längst Rogers abendliche Überlegungen belauscht und beschloss, besser selber im Vorfeld aktiv zu werden, als sich hilflos dem angedachten Schicksal zu fügen! Sie schlüpfte unter der Absperrung hinter den Wohnwagen und Zelten hindurch, watschelte zu einem nahe gelegenen Bach und ließ sich aufatmend in das kühle Nass gleiten. Tat das gut! Sie, ein Kind des Zirkuslebens, hatte nie erfahren, was es heißt, in Freiheit zu leben und vor allem, für sich zu sorgen! Zur Mittagszeit knurrte ihr das erste Mal der Magen und sehnsuchtsvoll dachte sie an die vollen Eimer fetter Heringshappen! Am Ufer leuchteten niedrige Pflanzen mit blauen Beeren und entgegen der Bedenken, nicht alles in den Schnabel zu stopfen, was man nicht kennt, naschte Leonie von den verlockenden Kügelchen. Sie schmeckten zuckersüß und wenn sie auch nicht besonders sättigten, es war besser als nichts. Sehr stolz auf sich schwamm Leonie weiter bis - ja, wohin eigentlich? Sie stutzte, überlegte, grübelte. Und musste sich eingestehen, dass sie nicht die leiseste Ortskenntnis besaß! Sie wollte hinaus in das offene Meer, soviel stand fest. Leonie hatte im Zirkus ihre Eltern vom Meer sprechen hören und sie kannte Abbildungen von Wellen, Muscheln und endlosen Stränden. Nur, wo war das Meer? Zurück konnte sie nicht und nach vorne erwies sich der bis dahin überschaubare Bach als immer breiter werdendes Flüsschen! Entmutigt ließ sich Leonie auf das Ufer zutreiben, als sie eine feine Stimme hörte: »Holla, wohin des Weges?« Leonie schaute sich um und entdeckte auf einem sonnenwarmen Stein ein Tierchen mit vier Füßen, von denen zwei im Wasser baumelten. Ein geschuppter Leib mit zarter Maserung, ein langer Schwanz, der förmlich an dem Stein klebte, sowie eine flinke Zunge, die sich blitz-schnell blicken ließ, um sich ebenso rasch wieder zu verstecken. Neben dem seltsamen Tier lagen zwei Schälchen und ein Rucksack.

Die Stimme fragte ein zweites Mal: »Kannst du mich nicht hören? Wohin des Weges?«

Leonie schluckte: »Zum offenen Meer!«

Das fremde Tier lachte: »Ach, du meine Güte! Wie willst du dort hinkommen?«

Leonie wurde jetzt etwas trotzig: »Meine Angelegenheit! Und du, wer bist du überhaupt?«

Das Tier zog seine Füßchen aus dem Wasser und stellte sich höflich vor: »Enrico Eidechse, weltbester Bariton und Klangschalenspieler, zurzeit auf Tournee!«

Die Lage war schnell geklärt. Enrico zeigte sich als unternehmungslustige Eidechse, felsenfest davon überzeugt, dass selbst dem kleinsten Lebewesen die Welt nicht groß genug sein konnte. So zog er mit seinen Klangschalen über die Lande und wo es ihm gefiel, da legte er einen Zwischenstop ein. Er gab wunderbare Konzerte mit seinen Schalen und trug hingebungsvoll die bekanntesten Arien der gängigen Opern vor. Laut Enrico waren die Auftritte so ausgebucht, dass noch nicht einmal eine Laus Platz zum Applaudieren finden würde! Nun erzählte Leonie ihre Geschichte und Enrico befand, es wäre ein deutliches Leuchtfeuer des Schicksals, gemeinsam den Weg fortzusetzen! Das ging besser als erwartet, Leonie schwamm flussaufwärts und Enrico tippelte am Ufer beladen wie ein kleiner Lastwagen, neben ihr her. Er fing Leonie ein paar Fliegen und pflückte ihr weitere Heidelbeeren. Dafür ließ sie die Eidechse manchen Meter auf ihrem Rücken schwimmen um so, wie er es ausdrückte, »seine Hautsohlen sparen.« In der nächstgrößeren Stadt beschloss Enrico, dass ein Auftritt vonnöten wäre, damit er Leonie wenigstens einen Hering und sich eine warme Mückensuppe kaufen könne. Gesagt, getan, Enrico breitete am Treppenabsatz des Rathauses seine Klangschalen aus, stellte die Plakate auf, die unverhofft, musikalische Genüsse versprachen. Er stimmte sich ein, indem er die Tonleiter hinauf und herunter sang. Weiter kam er leider nicht, denn ein

Bediensteter des Rathauses sprang die Treppe hinab und versetzte Enrico einen Fußtritt: »Betteln verboten, noch dazu mit dieser abscheulichen Katzenmusik! Pack deine Sachen und verschwinde!«
Enrico kramte mit Leonies Hilfe eilig seine Habseligkeiten zusammen und sie flohen zum Flußufer. Dort musste Enrico Farbe bekennen: Seine Auftritte waren immer so, er hielt sich mit Gelegenheitsarbeiten über Wasser und hoffte vergeblich auf den großen Durchbruch! Leonie fragte ihn, weshalb er nur singen und nie mit den Klangschalen spielen würde? Enrico murmelte verlegen, er hätte sie geschenkt

bekommen, aber er wüsste nicht, wie sie zu handhaben wären.
Da hellte sich Leonies Miene auf. Sie kannte sich sehr wohl damit aus! Denn Pang-Pei, der mit seinen Karatekünsten bei ihnen im Zirkus auftrat, stammte aus einem fernen Land, in dem die Klangschalen ihren Ursprung haben, und Pang-Pei hatte ihr oft etwas auf seinen Klangschalen vorgespielt!
Leonie griff mit ihren Flossen nach einem Holzstöckchen und zeigte dem staunenden Enrico, wie die Töne der Klangschalen das Flüsschen und sein Herz berührten! Enrico konnte zwar nicht singen, umso geschickter war er in der Handhabung der Schalen. Bereits am Abend gab er der zufriedenen Leonie ein Klangschalenkonzert; und sie fühl

te sich in Pang-Peis' gemütlichen Wohnwagen zurückversetzt. Die Klänge schmeichelten ihrer Seele und ihren Gedanken. Verträumt begann sie, das Klingen und Schwingen mit ihrer Nasenspitze aufzufangen. Sie ließ die Klänge auf ihrer Nase tanzen, balancierte, jonglierte, dass es nur so eine Freude war, ihr zuzuschauen! Was wiederum Enrico veranlasste, ihr regen Beifall zu spenden und auszurufen: »Ich habe noch nie jemanden gesehen, der so balancieren und jonglieren kann wie du!«

Leonie hielt in ihrem Tun inne. Sie? Sie - und mit der Nase balancieren? Aber dann dachte sie nicht weiter nach, weil es ihr viel zu viel Freude machte, die Klänge der Schalen auf ihrer weichen, runden Nasenspitze tanzen zu lassen.

Ihr könnt euch sicher denken, wie die Geschichte weitergeht!

Enrico und Leonie arbeiteten ein Programm aus, dass sie »Von Klängen und Kunststücken« nannten. Enrico spielte voller Inbrunst und aus ganzem Herzen die Klangschalen. Leonie ließ die Töne und Klänge in den tollkühnsten Sprüngen auf ihrer Nasenspitze wirbeln. Die Menschen riss es vor Begeisterung von den Sitzen; denn längst traten Leonie und Enrico nicht mehr auf den Rathaustreppen, sondern im weltberühmten Zirkus »Carlotini« auf. Sogar Roger, ihr alter Dompteur, klopfte eines Tages an die Türe, um vorzusprechen. Er wolle Leonie gerne wieder zu sich zurückholen, er würde sie so vermissen! Darüber konnte Leonie nur noch lachen! Und als sich das Sparschweinchen von Leonie und Enrico mit den Talern ihrer Gagen so voll gefuttert hatte, dass sie schon herausquollen, erfüllten sich Leonie und Enrico ihren Traum: Sie fuhren an das große, weite Meer! Und wenn sie keinen Auftritt haben, seht ihr sie dort am Strand sitzen - eine Eidechse, die auf ihren Klangschalen spielt, und ein Seehundmädchen, das mit den Tönen auf seiner Nasenspitze balanciert!

Klang-Farben

In dem Land des Sonnenaufganges lebte einst ein kluger Rabe. Jeden Morgen, bevor die Natur ihre Nase in die Luft reckte, flog der Rabe auf den höchsten Zweig des Maulbeerbaumes und wartete, bis der Sonnenball aus den wolkenweichen Federbetten lugte, um in einem Rausch goldener, roter, orangener und rosa Töne den Himmel in eine Brandung wärmender Strahlen zu tauchen. Der Rabe überblickte das weite Land unter ihm und freute sich, ein wahrer Frühaufsteher zu sein! Die Teesträucher und Reisfelder wogten in sattem Saftgün. Die Kirschblüten erröteten rosarot, der Fluss schlängelte sich wie ein blaues Seidenband durch die Täler und gülden funkelten die Seerosen auf dem Teich. Wahrlich, er liebte die Farben, die Farben seines Rabenvogellebens, die sich ausnehmend kontrastreich von seinem tuscheschwarzen Gefieder abhoben. Wenn die Sonne ihren Zenit erreichte, flog der Rabe fort, um sich seinen Tagesgeschäften zu widmen. Und am Abend, wenn ihn die Sehnsucht zu überwältigen drohte, setzte er sich vor seine Klangschale und ließ seine Gedanken mit den Schwingungen in die Lüfte steigen. Die Schale hatte er auf dem Markt der Kostbarkeiten entdeckt und eisern darauf gespart. Einmal in der Woche vergewisserte er sich, dass sie auf ihn wartete - und endlich konnte er sie sein eigen nennen! Denn die Sehnsucht, sie saß tief in des Raben Herzen. Er sehnte sich nach einer Partnerin, mit der er seine Freude an den Sonnenaufgängen und Farben teilen konnte. Die Klangschale half ihm an manchem Abend mit ihren tröstlichen Klängen über den größten Einsamkeitsschmerz hinweg. So wurden sie seine täglichen Begleiter: die Sonnenaufgänge und die Klangschalentöne.

In dem Land, in dem die Sonne untergeht, lebte einst eine schlaue Schnee-Eule. Jeden Abend, bevor die Natur ihre Gute-Nacht-Geschichte hören wollte, flog die Schnee-Eule auf den höchsten Zweig einer Tanne und wartete, bis sich der Himmel ganz sachte aus seinem pudriggrauen Gewand schälte und sich das nachtschwarze Sternenkleid überstreifte.

Die Eule konnte sich nicht satt sehen an dem Schauspiel, wenn die Sonne ihren Feuerschein wie ein verlöschendes Holzscheit ausglimmen ließ, ihren runden Kopf in den Wolken versenkte, um Platz zu machen für die silberne Mondlaterne und den blitzenden Abendstern. Wenn die Schatten länger wurden, die Farben ihrer Vogelwelt zu Schemen verschmolzen, wenn man Konturen im Traum wahrnahm und die Dunkelheit durch ihre Augen sah, dann blinzelte die Schnee-Eule zufrieden über dieses Geschenk, hier leben zu dürfen. Sie flog hinaus in die Dunkelheit, um sich ihren Abendgeschäften zu widmen.

Und gegen Morgengrauen, bevor die ersten Schläfer einen verstohlenen Blick auf die Uhren wagten, kehrte die Schnee-Eule heim. Dann fühlte sie sich sehr einsam, denn sie sehnte sich nach einem Partner, mit dem sie ihre Freude an den Sternen und dem Mondlicht teilen konnte. Nein, sie besaß keine Klangschale, sie presste ihren Schnabel gegen die Fensterchen des Dachbodens, auf dem sie wohnte, um vergeblich in die Morgendämmerung zu starren, ob nicht doch noch eine liebende Seele auf dem Wege zu ihr war!

Wie ich euch bereits erzählte, waren der Rabe und die Schnee-Eule zwei kluge Vögel und hatten seit einiger Zeit die Zeitschrift »Natur in unserer Welt« bestellt. Sie lasen staunend die bebilderten Reportagen über Geysire, endlose Wüsten, ferne Meere und undurchdringliche Urwälder. Außerdem bot »Natur in unserer Welt« seit kurzem eine »Päckchenfreundschaft« an. Die Idee ist schnell erklärt: Der leitende Schreiberling war der Meinung, dass die Welt groß ist. So groß, um sie in einem Leben nicht ganz entdecken zu können. Deshalb konnte man in einer Adressenbörse eine Anschrift von überall auf dem Erdball heraussuchen, um dorthin ein Päckchen zu schicken mit dem, was das eigene Land lebenswert macht.

Deshalb ereignete sich folgendes: Zu ungleicher Zeit, einmal am Morgen und einmal am Abend schlugen ein Rabe und eine Schnee-Eule erfreut die Flügel zusammen! Vielleicht bot dieses eine Möglichkeit, ihre Farbe, ihre Welten mit einem fernen Partner zu teilen! Wie es das Schicksal einfädelte, das soll sein Geheimnis bleiben. Jedenfalls machten sich Rabe und Eule fast an einem Tage an die Arbeit: Dem Raben gefiel die Anzeige der »Dame mit dem Silberlicht« ausnehmend gut, sie berührte seine poetische Ader. Und der Eule stach der Text des »Herren aus dem Farbenmeer« ins Auge. Sie überlegten, was sie in ihren Päckchen verschicken wollten. Sie packten ein, sie packten aus. Sie kramten in den Zweigen des Maulbeerbaumes und in den Dachziegeln des Gebälkes.

Was ihnen zunächst bedeutungsvoll erschien, nahm sich in dem braunen Packpapier zu bescheiden aus. Die Gabe sollte nicht kleinlich wirken - aber auch nicht zu üppig. Sie sollte von Herzen kommen, ohne aufdringlich zu werden. Kurzum, Eule und Rabe wollten sich in ihrem Tages- und Abendlicht in den rechten Schein rücken, um einen bleibenden Eindruck zu hinterlassen. Endlich glaubten sie, die richtige Wahl getroffen zu haben: Der Rabe wickelte sorgsam eine Kirschblüte ein und die Schnee-Eule ein Mondlichtfunkeln, welches sie mit aller Vorsicht von einem Ästchen pflückte. Es dauerte genau eine Woche, als die Luftfracht bei dem Raben und der Schnee-Eule ausgeliefert wurde. Der Rabe saß gespannt auf dem Maulbeerbaum, kurz vor Sonnenaufgang. Und die Schnee-Eule flog mit ihrem Päckchen auf die Tannenspitze, kurz nach Sonnenuntergang. Sie lösten die Schnüre, schälten das Packpapier ab und klappten die Kartondeckel zurück. Da lagen sie vor ihnen, eine rosige Kirschblüte und ein silbernes Mondlichtfunkeln!

Der Rabe wagte kaum, das zerbrechliche Lichtlein zu berühren, so fein, so zart erschien es ihm. Die Schnee-Eule legte sachte eine Schwinge über die kleine Blüte, damit sie von dem Abendwind nicht fortgeweht wurde. Beide lasen nun die Briefe, die in den jeweiligen Päckchen entdeckt wurden und waren sehr berührt! Der Rabe heftete sich das Mondlicht stolz an die Brust und die Schnee-Eule trug die Kirschblüte an einem schmalen Band als Zierde ihres schneeweißen Dekolletes! Am Abend setzte sich der Rabe frohen Herzens vor seine Klangschale und spielte lange in die Nacht hinein. Und am anderen Ende der Welt hockte eine Schnee-Eule auf einer Tannenspitze und lauschte mit ihrem scharfen Gehör in die Nacht hinaus; weil sie bis dahin ganz unbekannte, wundersame Töne zu vernehmen glaubte. Von da an gingen die Päckchen, nein, sie flogen hin und her. Der Rabe und die Schnee-Eule verbrachten manche Stunde, um ihre Farbe, ihre Welt dem inzwischen über die Entfernung hin sehr vertrauten Päckchenfreund sichtbar, erlebbar zu machen. Die Eule fand Sternschnuppensplitter und kuschelige, dunkelblaue Wolkenfetzchen. Der Rabe entdeckte grüne Blättchen und creme-weiße Flöckchen der Weidenbäume, die ihre langen Arme in den Fluss tauchten. Davon, von dem glasklaren Wasserspiel, packte er seiner Freundin gleich etwas mit ein. Die Schnee-Eule, deren Sehnsucht nach diesem Land wuchs und auch nach dem Absender dieser herrlichen Farbenpäckchen, suchte nach Mitteln und Wegen, um dorthin zu fliegen. Doch ganz gleich, wie sie es anstellen mochte, der Weg war zu weit! Das teilte sie dem Raben nicht mit, denn sie hätte ihn gerne überrascht! Der Rabe hingegen zermarterte sich den Kopf, wie er der Schnee-Eule den Weg in sein Land zeigen könnte, denn er beabsichtigte ernsthaft, seine liebe Päckchenpartnerin zu ehelichen. Das teilte er der Eule nicht mit, denn er wollte sie gerne überraschen. Zuerst jedoch wagte er den Versuch, mit den Farben seiner Heimat ein Bild zu malen. Es sollte die Schnee-Eule endgültig überzeugen, zu ihm zu fliegen. Der Rabe goss rote, grüne, violette, gelbe und blaue Farbe in seine Klangschale und betrachtete das Spiel, als die Farben ineinander verschmolzen.

Was sollte er zeichnen? Er war ratlos, griff zu dem Klöppel und schlug die Klangschale an. Sie hatte ihn in manch einsamer Stunde den tröstlichen Ton in die Flügel gelegt!

Da vibrierten die Farben in der Schale, sie tanzten, sie schwangen, sie hüpften in die Höhe, fröhlich wie ein Lachen aus vollem Herzen. Und sie schwangen sich aus der Schale, kletterten heraus, schwangen in die Höhe. In dem Moment lachte die Sonne, lachte so sehr, dass ihr ein paar Freudentränen aus den Augen kullerten, und sich die Farben aus der Klangschale als Regenbogen von einem Ende der Welt bis zum anderen spannten! Die Schnee-Eule, die in ihrem Gedankengeflecht in dieser Nacht kein Auge zugetan hatte und deshalb am nächsten Morgen noch immer auf ihrer Tannenspitze grübelte, sah, wie eine farbige Leiter an den Himmel gestellt wurde! Da gab es kein Zögern mehr!

Sie pflückte den letzten, verblassenden Sternenschimmer und begann, sich über die Regenbogenleiter quer über die Welt zu hangeln! Bis an das andere Ende, wo ein Rabe saß, der eine Klangschale anschlug und so den Regenbogen spannte. . .

Ihr wollt wissen, wie die Geschichte weitergeht? Dann schaut das nächste Mal, wenn ihr einen Regenbogen seht, ganz genau hin und macht die Ohren weit auf! Und ihr werdet einen Raben mit seiner Schnee-Eule entdecken und hören, wie sie die Klang-Farben des Himmels spielen. . .

Der Glöckner
von Wohlklanghausen

Auf der staubigen Landstraße zwischen Rebstöcken und vorbei an Streuobstwiesen rumpelte ein schwer beladener Eselskarren. Auf dem Kutschbock saß in Gedanken versunken Hugo de la Motte, seines Zeichens ein Zuchthase der ersten Kategorie. Nein, das entsprach nicht der Wirklichkeit, denn Hugo war zwar für die Zucht auserkoren, als man bei seiner Geburt bestürzt feststellte, dass Hugos warme Hasenaugen einmal blau und einmal braun in die Welt blickten, sein linkes Ohr keck geknickt war und das Fell mit vorwitzigen Wirbeln auch dem energischsten Kamm widerstand. Und damit war Hugos geplanter Werdegang im Keim erstickt. Immerhin war der Züchter so human, dass er Hugo vor die Entscheidung stellte: Backröhre oder Exil!

Hugo de la Motte zögerte nicht eine Sekunde; er bat sich den betagten Esel Balduin aus, zudem einen klapperigen Leiterwagen. Er nähte sich aus verwaschenen Putzlumpen einen praktischen Kapuzenmantel, spannte Balduin vor den Wagen und zog los. An den Sprossen des Leiterwagens baumelte ein Schild, auf dem in großen Lettern prangte: »Hugo de la Mottes' Alteisenwarenhandel«. Hugo, den Zuchtzwecken unbeabsichtigt entronnen, bemerkte bald, dass er für die Geschäfte vor den Haustüren und auf Wochenmärkten eine glückliche Pfote besaß. Außerdem war er ehrlich, er übervorteilte nie seine Kundschaft, wog eher manches Mal zu Gunsten der Käuferschaft die Altwaren aus. Balduin zog geduldig den Leiterwagen, auf dem sich Metallwaren unterschiedlicher Art stapelten: zerbeulte

Wasserkessel, rostige Zinkbadewannnen, gusseiserne Herde, Kochtöpfe ohne Henkel. Eben das, was die Haushalte an Überresten ausspuckten. Hugo und Balduin begutachteten gerne nach Feierabend ihre Waren, schätzten sie nicht unbedingt nach dem Wert, sondern nach dem, was das alte Inventar gesehen und erlebt haben mochte.

Die Menschen in den Städten und Dörfern hatten sich nach anfänglicher Skepsis an das seltsame Gespann gewöhnt und freuten sich, wenn de la Mottes' Alteisenwarenhandel in ihrem Ort einen Halt einlegte. Der geheimnisvolle Händler unter dem Kapuzenmantel bot Anlass zu mancherlei Gerüchten und Vermutungen: Er war ein Adliger, dem durch Ränkespiele sein Gut entrissen wurde. Oder ein Leprakranker, der nach wundersamer Heilung seine grausam entstellten Gesichtszüge niemandem offenbaren wollte. Fast jeden Tag brodelte die Geschichtenküche und Hugo hörte auf Balduins Ratschlag, der da lautete: »Ein bisschen Geheimniskrämerei ist nicht schlecht für das Geschäft!«

Eines Abends, es wurde schon dunkel, Hugo und Balduin wollten ihr Nachtlager errichten, sahen sie in der Ferne einen winzigen Punkt, der langsam, aber zielstrebig auf sie zukam. Ein müder Reiter, dem die Einsamkeit im Nacken saß; und der sich hoch erfreut zeigte, als er von Hugo und Balduin eingeladen wurde, an ihrer Lagerstatt teilzuhaben.

Die drei Vagabunden der Landstraße verzehrten ihr bescheidenes, doch für sie fürstliches Mahl aus Butterbrot, Karotten und frischem Bachwasser. Im Morgengrauen verabschiedete sich der Fremde und händigte als Dank Hugo de la Motte und seinem Esel Balduin vier Schälchen aus Metall mit vier dazu passenden Klöppeln aus. Die kleinste Schale war so groß wie eine Kaffeetasse und die größte von ihnen besaß den Schatten eines Waschschüsselchens. Hugo gefielen die vier Schalen, deshalb verstaute er sie nicht zwischen den Altwaren, stattdessen legte er sie unter den Kutschbock. Dann studierten der Esel und er gemeinsam die Karte: Auf dem vergilbten Papier war die Stadt Wohlklanghausen markiert, und weil es sich um einen dicht besiedelten Ort handelte, sollte ihr Weg dorthin führen. Balduin stemmte sich in das Geschirr, der Leiterwagen zuckelte gemächlich los.

Nach einer halben Tagesreise sahen sie im Dunst den Kirchturm der Stadt funkeln, bald darauf den goldenen Hahn auf der Turmspitze und die Hausdächer. Die Zeiger der Kirchturmuhr rückten auf die Ziffer sechs, mahnende Schläge, sechs an der Zahl, drangen aus dem kunstvollen Uhrgehäuse. Sechs Uhr, Zeit für das Abendgebet. Hugo und Balduin verharrten einen Moment, um dem Geläute der bestimmt prächtigen Kirchenglocken zu lauschen. Der Uhrzeiger rückte weiter, aber es tat sich nichts! Der Zeiger stand inzwischen auf der Drei, es tat sich nichts! Merkwürdig, vielleicht hatte man die Glocken abgenommen, um sie einer Wartung zu unterziehen. Hugo und Balduin zuckelten mit ihrem Wägelchen durch das Stadttor und fanden in einem Gasthof in der Nähe des Marktplatzes ein Quartier mit Heu und Stroh für Balduin. Hugo trug seine wenige Habe in das Zimmerchen mit den rot-weiß karierten Federbetten. Da er noch nicht müde, aber hungrig und durstig war, setzte sich Hugo in die Gaststube, und bei einer ordentlichen Portion Wurzelauflauf erfuhr er die Geschichte der Kirchenglocken: Jahrhundertelang waren die Glocken von Wohlklanghausen berühmt für ihre volltönenden Stimmen, die das Leben der Wohlklanghausener von der Geburt bis zum Abgesang begleiteten. Sie läuteten die Taufe ein, Hochzeiten, Feste, aber auch drohende Katastrophen, wie den großen Stadtbrand von 1438. Die Städter rühmten sich ihrer wohlhabenden Gemeinde und mit dem Wohlstand wuchsen die Ansprüche. Taler um Taler floss ungehindert aus dem Stadtsäckel, bis es leer war wie eine Pfütze im Hochsommer. Da beschlossen die Städter, ihre Glocken zu verkaufen und erzielten in der Tat einen erklecklichen Gewinn!

Aber von da an schien die Stadt zu verstummen, keine jubelnden, klagenden, begleitenden Töne, die zu einem Menschenleben gehören wie das tägliche Brot. Erst kürzlich mussten die Städter schmerzlich erfahren, was der Verlust ihrer Glocken bedeutete: Eine Scheune brannte lichterloh! Hatten die Glocken früher ihre unmissverständlichen Hilferufe geläutet, hörte man in der Nacht nur noch das Knistern und höhnische Fauchen der Flammen, die die Scheune bis auf die Grundmauern niederfraßen. Nur einem glücklichen Umstand war es zu verdanken, dass weder Mensch noch Tier zu Schaden kamen.

Das also war der letzte Stand der Dinge - nachdenklich ging Hugo de la Motte die schmale Stiege zu seinem Zimmerchen hinauf. Er konnte in dieser Nacht nicht schlafen, zu sehr beschäftigten ihn die fehlenden Glocken von Wohlklanghausen. Um sich ein wenig abzulenken, packte er die vier Schälchen aus, die ihm der einsame Fremde überlassen hatte.

Mit den Klöppeln schlug er die Schalen an und horchte hocherfreut auf die Töne, die aus den Schälchen hervorzuquellen schienen. Sie flogen empor wie gläserne Flügel, wehten aus dem geöffneten Fenster, flogen über die Dächer der schlafenden Stadt. Hugo spielte immer weiter, als sich nach und nach in den Häusern die Fensterläden öffneten, Kerzen angezündet und staunende Gesichter in den Häusern sichtbar wurden, die wissen wollten, woher die Klänge wehten. Rufe wurden laut, freudig erregte Stimmen: »Unsere Glocken sind wieder da! Unsere Glocken sind zurückgekehrt!«

Die Menschen liefen auf die Strasse, rannten zum Marktplatz, fassten sich an den Händen und waren seit langer Zeit wieder sehr glücklich! Da entdeckten sie das geöffnete Fenster im Gasthaus, im schemenhaften Licht des Talglämpchens stand ein langohriges Geschöpf und schlug vier Schälchen an. . . .

Die Wohlklanghausener setzten sich auf das noch sonnenwarme Kopfsteinpflaster, schlossen die Augen und lauschten den Rest der Nacht den Klängen, den wundersamen Klängen, die ihre schmerzlich vermissten Kirchenglocken so wohltuend ersetzten.

Am kommenden Morgen, Hugo de la Motte und sein Esel Balduin saßen am Frühstückstisch, betrat der Bürgermeister die Gaststube, postierte sich vor den beiden Reisenden, räusperte sich, lief wohl auch etwas rot im Gesicht an und bat dann zögernd den wieder in seinen Kapuzenmantel verhüllten Altwarenhändler um folgendes: Ob er nicht gerne das verantwortungsvolle Amt des Glöckners von Wohlklanghausen annehmen wolle!

Hugo schluckte schwer, denn ihm, dem vermeintlich ausgemusterten Versager in seinem Lumpenmäntelchen, war noch nie eine verantwortungsvolle Aufgabe zugetragen worden! Der Bürgermeister hatte sich inzwischen in Fahrt geredet und schwärmte in den höchsten

Tönen von der Freude der Menschen in der vergangenen Nacht. Er schilderte das lang vermisste Gefühl von Wärme, das die Klänge der Schalen in ihnen ausgelöst hatte. Er hörte nicht auf mit seinen vollmundigen Lobpreisungen. Und den Ausschlag gab letztendlich der sanfte Hufstoß von Balduin, der Hugo ein zaghaftes: »Ja, ja ich werde der Glöckner«, flüstern ließ. Die Nachricht verbreitete sich in Windeseile in der Stadt, die Menschen frohlockten und wollten endlich ihren neuen Glöckner ohne den Kapuzenmantel sehen! Was musste für ein herrlicher Held unter diesen Flicken verborgen sein! Hugo griff ängstlich in Balduins Mähnenkamm, als der Bürgermeister vor dem Rathaus eine Rede hielt und Hugo bat, seinen Mantel abzulegen. Das ihn bis dato schützende Stück fiel zu Boden, und da stand er nun vor der Menschenmenge: Ein Hase mit Knickohr, einem blauen und einem braunen Auge, das Fell mit lustigen Wirbeln gezeichnet.

Ein Raunen ging durch die Menge, als Balduin mit seinem Huf gegen die vier Schalen schlug und die Töne über Hugos Kopf schwebten. Da jubelte die Menge los, ließ ihren neuen Glöckner hochleben, trug ihn auf ihren Schultern durch die Stadt, bis zum Portal des Kirchturmes. Im Dachgestühl hatten der Zimmermann und sein Geselle einige Umänderungsarbeiten vorgenommen: In stundenlanger Feinarbeit hatten sie gesägt, gezimmert und geleimt. Hatten eine praktische Konstruktion aus tragenden Brettern, Bohlen, Geländern, Stützbalken und Stühlchen gezimmert. So konnte der neue Glöckner von Wohlklanghausen seine Klangschalen auf die Bretter stellen, sich gemütlich davorsetzen und die Schalen anschlagen! Es war schon gut, einen Freund an seiner Seite zu wissen, der in aller Stille mit dem Zimmermann die Vorarbeiten besprach...
Hugo kletterte mit den vier Schalen die vielen Stufen zur Turmspitze hinauf, Balduin begleitete ihn bis zur ersten Plattform. Gebannt verfolgten die Menschen auf dem Marktplatz den Zeiger der Kirchturmuhr,

der gleich die sechste Stunde anzeigen würde! Das Uhrwerk rappelte, es schnarrte - und unmittelbar darauf setzte das Glockengeläut ein! Hell und klar wie eine Nachtigall, vollmundig und golden schwebte Klang um Klang aus dem Kirchturm, grüßte die Stadt und das Land! Die Klänge mischten sich mit den Freudenrufen der Städter, denen ein kleiner Hase ihre Glockentöne auf so wundersame Weise zurükkgegeben hatte!

Was wollt ihr noch von mir wissen? Ja, natürlich! Hugo de la Motte war der zuverlässigste, gewissenhafteste Glöckner weit und breit! Bis auf den einen Tag, an dem Balduin die Klangschalen anschlug - nämlich dem Tag, an dem für Hugo die Hochzeitsklangschalen läuteten...

Der Kurier
der Schalen

Im hohen Norden und noch ein wenig höher residierte der Eiskönig in seinem Palast aus Winter und Polarlicht. Dennoch lebten er und seine Untertanen recht behaglich zwischen den kalten Mauern. Wenn sie aus dem Fenster schauten, konnten sie die blauen Flämmchen der Kältekerzen über den Sternenhimmel tanzen sehen. Und glaubt mir, nirgendwo und irgendwann ist der Zenit klarer und sind die Sterne strahlender als in einer stillen Winternacht. Zudem spielte der Eiskönig meisterhaft und seelenvoll auf den Klangschalen. Da Könige trotz ihres Reichtums oft etwas geschenkt bekommen, erhielt er vor vielen Jahren, als er ein Kind war, die Klangschalen als Muße und Zeitvertreib. Er hatte sie von Anfang an geliebt, ihre matt glänzenden, halbrunden Leiber, die dem ihr Innenleben offenbarten, der ihnen die Ohren und seine Seele öffnete. Dann schwebten die zarten Klänge gen Schneewolke und Frost-Atem. Und sie ließen den Lauschenden das Herz ganz warm und weit werden. Der Eiskönig hatte keine Frau, aber eine Braut, das war ja immerhin schon etwas. Er kannte sie nicht und auch sie wusste nur von ihm vom Hörensagen.

Doch diplomatische Geschicke wollten ihr beider Leben zu einer Zweckgemeinschaft verbinden! Zudem lag es auf der Hand, dass Eiskönig und Kristallfee zusammenpassen würden. Um nicht ganz unvorbereitet der Eheschließung zuzustimmen, sandte der Eiskönig seinen Kurier, Elch Oleg, über die verschneiten Steppen und gefrorenen Seen, um der fernen Kristallfee einen Brief zu schicken; einen

Gruß, eine Schneeflocke, was immer es sein mochte. Oleg wurde vom König persönlich die Satteltasche aufgeschnallt, der Passierschein mit dem königlichen Siegel ausgehändigt und die schneeweiße Pelerine mit dem Eiswappen übergestreift, welches ihn als Kurier des Königs ausgab. Da die Hochzeit nicht mehr lange aufgeschoben werden sollte, grübelte der Eiskönig, was er der Kristallfee als Brautgabe senden konnte. Er ließ sich einen Tag und eine Nacht Zeit, bis er seine Entscheidung traf. Er wollte ihr zwei von seinen Klangschalen schenken, die mit den glockenhellen, silbernen Tönen! Der Eiskönig hüllte die Schalen in ein Tuch aus jungfräulichem Schnee, hauchte einen verstohlenen Kuss hinein und suchte den königlichen Marstall auf. Doch was musste er zu seiner Bestürzung feststellen? Oleg, sein Kurier, lag auf dem sauberen Stroh, die Ohren noch weiter seitwärts geklappt, als es ohnehin schon der Fall war. Die Nase lief, die Augen auch, Oleg litt an der Wintergrippe! Um nichts in der Welt hätte er einen Fuß vor den Stall setzen können, obwohl er für seinen König bis zum Ende der Welt gelaufen wäre! Oleg rappelte sich halb aus dem Stroh und flüsterte mühsam: »Mein Bruder Gregor, nehmt ihn!« Nun war das mit Gregor so eine Sache: der zartbesaitete Riese, der keiner Fliege etwas zuleide tun konnte! War Oleg ein mutiger, kühner Elch, der wie geschaffen für den Kurier zu sein schien, konnte man Gregor als lieb und bequem bezeichnen. Solange es das Wetter zuließ, lag Gregor auf den Hofwiesen, ließ sich die Sonne auf das Schaufelgeweih scheinen und las Gedichte. Stundenlang kaute er verträumt auf Gänseblümchenstengeln und gab sich mit dem zufrieden, was ihm sein Bruder an Taschengeld abzweigte. Gelegentlich schrieb Gregor selbst ein Gedicht, erhielt von der Tageszeitung einen kläglichen Lohn und zahlte davon immerhin Oleg das geliehene Geld bis auf den letzten Heller zurück. Gregor hatte einen Freund, den Biber Ben. Ben arbeitete als Gastarbeiter an den Staudämmen des königlichen Landes. Ben stammte aus den kanadischen Wäldern und lebte sein unstetes Leben, das ihn nie länger als ein Jahr an Ort und Stelle weilen ließ. Ben war ein Biber, der sich keinen Deut um Konvention und Mode scherte. Wer ihn einmal zum Freunde gewonnen hatte, konnte sich keine treuere Seele wünschen als Ben mit seinem Piratenohrring im rechten Ohr und dem unvermeidlichen Schirmmützchen, das er verkehrt herum über seinen Biberkopf stülpte. Ben mochte den grüblerischen Gregor, der über Riesenkräfte verfügte und sich das Herz eines staunenden Kindes bewahrte. So saß Biber Ben neben Gregor, als der Eiskönig kam und dem Elch die Lage schilderte, verknüpft mit dem Anliegen, ihn als Kurier auf die Reise zu schicken.

Gregors erste Reaktion war die blanke Angst, die zweite ebenfalls und bei dem dritten Stoßseufzer sprang Ben auf und der Ohrring funkelte in der Morgensonne: »Wir reiten los, ich begleite ihn!« Ehe er Widerspruch einlegen konnte, hing dem verstörten Gregor die königliche Pelerine über den Flanken, klopfte ihm der verschnupfte Bruder stolz den muskulösen Hals und zeigte der Eiskönig ihnen die in dem Tuch verhüllten Klangschalen.

Gregor trat missmutig mit seinem Huf dagegen, als kurz darauf der Schnee zu klingen und zu schwingen begann und Ben sich Fäustlinge aus Schafwolle überstreifte. Der Eiskönig hob den Biber in Bens Sattel, drückte ihm die Wegbeschreibung in die Pfoten und schnallte die Klangschalen mitsamt den Satteltaschen sehr fest. Die Reise konnte beginnen! Gregor wurde etwas zuversichtlicher, als Ben die Zügel aufnahm und ihn beruhigend zwischen den Ohren kraulte: »Wir schaffen das schon!«

Ihr Weg führte durch die verschneiten Zwergkiefern der Tundra, über Steppen, die vom Nordwind gebeutelt wurden und vorbei an tiefgefrorenen Seen. Gregor trabte, wenn es die geschlossene Schneedecke zuließ und sank bis zu den Schultern in den Eiswehen ein, die der Sturm aufgeschaufelt hatte. Ben klebte unerschütterlich in seinem

Sattel, erteilte mit ruhiger Stimme Anweisungen, hatte sein Schirmmützchen bis in die Stirne gezogen und ließ seinen Abenteuersinn ausschweifen. So kamen sie Kilometer um Kilometer voran, manchmal rasch, manchmal im Schneckentempo. Und sie fanden Gefallen an ihrer Reise, selbst Gregor, der sich mit zunehmendem Stolz als Kurier der Schalen fühlte, die ihnen die Zeit vertrieben, wenn die Schneeflocken zaghaft an das Metall klopften und die Schalen zum Schwingen brachten.

Ihre sanfte Vibration ließ sogar den fernen Mond ein Auge zudrücken! In der endlosen, weißen und kalten Weite, die oft nur von ihrem dampfenden Atem zerteilt wurde, verloren Gregor und Ben Raum und Zeit. Sie wussten nicht, welcher Tag und wie spät es war. Ihre Mission teilte sich in Helligkeit und Nacht und ihrem Bestreben, die Kristallfee in ihrem Zuckerschneepalast zu finden. Sie sprachen wenig miteinander, um Energie zu sparen - und bei echten Freunden bedarf es nur weniger Worte, denn sie spüren, was der andere fühlt. So ließ Gregor auch nur ein leises Schnaufen hören, das Ben veranlasste, aus dem Sattel zu rutschen, um nachzuschauen. Vor ihnen, in einer Nebelschwade, war ein Schlitten umgekippt! Sechs leichtfüßige Rentiere zogen nervös und vergeblich an ihrem Geschirr. Sie waren offensichtlich schnell, doch nicht kräftig genug, um den Schlitten wieder aufzurichten! Ein weißbärtiger Mann in einem roten Kapuzenmantel lief um den Schlitten herum und lud zahlreiche Päckchen auf, die in den Schnee gepurzelt waren.

Keine Frage, hier musste geholfen werden! Ohne zu zögern, griff Biber Ben in das Geschirr der Rentiere, sprach besänftigend auf sie ein, während Gregor sich unter den Schlitten stemmte und seine gewaltigen Muskeln anspannte, so dass die Adern an seinem Hals hervorsprangen. Der Elch atmete tief ein und dann hob er den Schlitten Stück für Stück an, bis er wieder gerade stand! Der Mann in dem roten Mantel bedankte sich vielmals und überprüfte den

Schaden, der durch den Sturz entstanden war. Die Rentiere hatten auf dem Eis die Kurve unterschätzt, waren ausgeglitten und hatten den Schlitten zu Fall gebracht. Der bärtige Mann war froh, dass niemand ernsthaft verletzt war und musste doch bestürzt feststellen, dass nicht nur die Glöckchen an dem Schlitten zerschellt waren, sondern auch die vor Schreck zitternden Rentiere wohl weiterlaufen konnten - doch nur sehr langsam! Was war der Weihnachtsschlitten ohne Glöckchen? Und vor allem, was passierte, wenn er nicht rechtzeitig kam? Gregor und Ben verharrten keinen Moment. Der Elch ließ sich an vorderster Stelle vor den Schlitten spannen, Biber Ben wickelte die Klangschalen aus ihrem Tuch und setzte sich neben dem Mann im roten Mantel auf den Kutschbock. Beruhigt durch Gregors Stärke fassten auch die Rentiere neuen Mut und los ging die Fahrt! Ben schlug die Klangschalen an, die hell und silbern durch die Weihnachtsnacht klangen. Das Tempo steigerte sich, Gregor hörte hinter sich den gleichmäßigen Atem der Rentiere, fühlte ihren rhythmischen Herzschlag, das leise »Ho Ho« der beiden Männer auf dem Kutschbock und die fröhlichen Glöckchenschalenklänge. Da war es dem unfreiwilligen Kurier der Schalen, als ob alle Angst von ihm abfiele. Ganz leicht wurde ihm, ganz weit um sein Herz und er legte sich noch mehr ins Geschirr. Fast war ihm, als würde er mitsamt den Rentieren, dem Schlitten und seiner wundersamen Fracht über den Himmel fliegen. . .

Ben schlug die Klangschalen an und mit den Klängen warf der bärtige Mann Päckchen um Päckchen von dem Schlitten herunter. Und Päckchen um Päckchen tanzte mit den Klängen, Sternschnuppen und Schneeflocken der Erde entgegen.
Ben schlotterten vor Kälte die Pfoten, doch er spielte auf den Klangschalen, bis das allerletzte kleine Paket auf den Weg geschickt wurde und nur noch zwei auf dem Schlitten lagen. Die hielt der

Bärtige ganz fest und rief seinem Zuggespann zu: »Jetzt aber ab zum Zuckerschneeschloss der Kristallfee!«

Ja, aber woher wusste der Mann im roten Mantel, wohin Ben und Gregor wollten? In der Ferne tauchten die Türmchen und Zinnen des Schlosses auf, die Kristallfee wartete bereits auf sie!

Ja, aber woher wusste sie, dass Gregor, Ben, der Bärtige und die Rentiere mit ihrem Schlitten so bald eintreffen würden? Die Kristallfee nahm mit einem Lächeln die Klangschalen entgegen und schlug sie an.

Ja, jetzt wusste sie, dass der Eiskönig im hohen Norden nicht nur aus Staatsgeschick ihr Herz behüten würde! Und sie drückte dem Mann im roten Mantel warm die Hand; der ihr lebhaft schilderte, was sich ereignet hatte!

Ja, und woher wussten der Mann und die Kristallfee, als sie Gregor und Ben die letzten beiden Päckchen überreichten, welchen Seelenwunsch sie hegten? Denn Gregor erhielt den Mut und die Zuversicht für sein Leben und Ben einen festen Platz für sein ruheloses Herz. Den Platz an Gregors, seines Freundes Seite.

Und mit den letzten Klängen verbreitete die Weihnachtsnacht ihren Zauber aller Liebe. . .

Danksagung

Jeder Lesende betritt mit einem Buch ein ganz besonderes Haus. Als Autorin habe ich dafür den Grundstein gelegt und die Wände gemauert.
Aber was ist dieses Haus ohne die Inneneinrichtung, die es wohnlich und vollständig werden lässt?
Deshalb an dieser Stelle einen ganz herzlichen Dank und ein großes Kompliment an:
Anna Rose Avramidis, die mit ihren liebevollen Zeichnungen meine Gedanken so trefflich mit dem Stift und dem Herzen umgesetzt hat.
Petra Brennecke, die das Lektorat übernahm, und ich durch sie erfahren habe, wie aufwendig und anspruchsvoll diese Aufgabe ist!
Sandra Lorenz mit ihrem feinen Blick für das Detail, für ihr anrührendes Layout.
Ursel Mathew, die mich stets mit echter Begeisterung und menschlicher Wärme begleitet hat.
Und natürlich dem »Meister der Schalen« *Peter Hess*, dem ich mit diesen Geschichten ein winziges Stück für sein Lebenswerk schenken möchte.
Sowie ein Danke all den fleißigen Händen, die die Entstehung eines Buches ermöglichen...

Nachsatz vom Verlag:
Martina Jaekel verstarb am † 6. März 2010 an einer tückischen Krebserkrankung im Alter von 52 Jahren. Wir sind sehr traurig darüber und vermissen ihre Kunst des Erzählens sehr.

Autorin Martina Jaekel

Wer das große Glück hatte, als Kind von seinen Eltern mit Märchen in das Leben begleitet zu werden, dem ist diese Art von Reisen in ferne Welten lieb und teuer geworden. Welten, die in der Fantasie lebendig sind und für mich immer spannend waren. Mein musischer Vater und meine pragmatische Mutter fanden den Weg, und das vergesse ich ihnen nie.
Mit 17 Jahren begann ich Gedichte zu schreiben.
Als ich den Klangschalen begegnete, spürte ich wie meine Geschichten, inspiriert durch die Klänge noch viel farbiger und lebhafter wurden. Häufig sind in meinen Geschichten und Märchen die Protagonisten Tiere und das hat seinen ganz einfachen Grund: Die Tiere kennen nur zu gut die kleinen, menschlichen Stolpersteine.
Der Leser kann sich mit den Tieren identifizieren, erkennt sich vielleicht wieder, und er sieht keinen mahnenden Zeigefinger, denn den besitzt eine weiche Pfote nicht, aber eine weite Seele und ein großes Herz, das uns mit auf Reisen nimmt.

Ihre
Martina Jaekel

Kontaktadressen im In- und Ausland

Peter Hess Institut
Ausbildung, Weiterbildung und Fortbildung in
der *Peter Hess*-Klangmassage
Ortheide 29 · D-27305 Uenzen
Tel. +49 (0) 4252-93 89 114
Fax: +49 (0) 4252-93 89 145
E-Mail: info@peter-hess-institut.de
www.peter-hess-institut.de

Europäischer Fachverband
Klang-Massage-Therapie e.V.
Vorsitzender: Peter Hess
Geschäftsführung: Klaus Zurek
Am Tiggelhoff 13 · D-48465 Schüttorf
Tel.: +49 (0) 5923-96 96 27
Fax: +49 (0) 5923-96 96 29
E-Mail: info@fachverband-klang.de
www.fachverband-klang.de

Verlag Peter Hess
Fachbuchverlag für Klangmassage
Verlagsleitung: Ursel Mathew
Am Tiggelhoff 13 · D-48465 Schüttorf
Tel. +49 (0) 5923-96 96 28
Fax: +49 (0) 5923-96 96 29
E-Mail: verlag-peterhess@online.de
www.verlag-peter-hess.de

hess klangkonzepte seit 1989 - varadas
Peter Hess® Klangschalen und alles
für die Klangmassage
Uenzer Dorfstr. 71 · D-27305 Uenzen
Tel. +49 (0) 4252-24 11
Fax: +49 (0) 4252-34 36
E-Mail: Info@nepal-importe.de
www.hess-klangkonzepte.de

Australien
Peter Hess Academy Australia
Maranta Sound Academy
Aleksandra Andrzejewski und Janusz Urzykowski
4/17 Cotter Loop, Success WA 6164
Tel. +61 (0) 435 58 49 56
E-Mail: info@maranta.com.au
www.maranta.com.au

Belgien
Peter Hess Academy Belgium
Brigitte Snoeck
Prévent 352b
B-4880 Aubel
Tel. +032 (0) 478 42 75 98
E-Mail: snoeck_brigvoix@hotmail.com

Dänemark
Peter Hess Academy Denmark
im NORDLYS CENTRET aps
Almindsøvængetr 4
DK-8600 Silkeborg
Tel. +45 (0) 868-110 81
Fax: +45 (0) 868-055 10
E-Mail: nc@nordlys.dk
www.nordlys.dk

Griechenland
Peter Hess Academy Greece
Nikos und Anna Britta Avramidis
Gartenkamp 7
D-48465 Schüttorf (Deutschland)
Tel. Griechenland:
+30 - 694-620 98 08
Tel. Deutschland:
+49 (0) 5923-96 93 64 o. 54 59
www.ixos-masaz-therapeia.com

Kroatien
Peter Hess Academy Kroatien
Mirjana Maksimovi und Silvana Leskovar
BERENIKA MM d.o.o.
Kukuljevi 263; eva 16
10000 Zagreb, Croatia
Telefon: 00 385 - 1 - 3750 702
E-Mail: info@berenika.hr

Niederlande
Peter Hess Academy Netherlands
im Klankforum · Rob de Reuver
Partitastraat 4
NL-1312 ES Almere
Tel. +31-3653 667 97
E-Mail: ro253@hetnet.nl
www.klankforum.nl

Peter Hess Academy Netherlands im Klankkleur Instituut
voor helend tekenen en
klankmassage therapie · Erik Karsemeijer
Hoofdstraat 8
NL-9444 PB Grolloo
Tel. und Fax: +31-5925 017 40
E-Mail: info@klankkleur.nl
www.klankkleur.nl

Österreich
Peter Hess Akademie Österreich (Wien)
Alexander Beutel
Puchsbaumgasse 6
A-1100 Wien
Info-Tel. und Fax: +43-1 6020 163
E-Mail: info@klangmassage-therapie.at
www.klangmassage-therapie.at
www.peter-hess-akademie.at

Peter Hess Akademie Österreich (Tirol)
Doris Regensburger
Stadtgraben 31
A-6060 Hall i.T.
Tel. +43-676 842 570 205
E-Mail: doris.regensburger@tmo.at
www.peter-hess-akademie.at

Polen
Peter Hess Academy Poland
Seminar- und Gesundheitszentrum
»Nada Brahma«
Margarete Musiol
Garbicz 16a · PL-66-235 Torzym
Tel.   +48 - 68 341 40 73
Fax: +48 - 68 341 40 93
Mobil: +48 - 509 13 27 55
E-Mail: akama@o2.pl
www.nadabrahma.pl

**Weitere Kontaktadressen unter:
www.peter-hess-institut.de**

Portugal
Peter Hess Academy Portugal
Ingrid Ortelbach
Telefon: 00351 (0) 212680361 und 967241827
E-Mail: ingridortelbach@gmail.com
www.peter-hess-academy.com.pt

Schweden
Peter Hess Academy Sweden
Ina Kornfeld
Sandtorpsvägen 12 A
S-15330 JÄRNA
Tel. +46-8551-709 83
Mobil: +46-7083 340 70
E-Mail: ina.k@euromail.se
www.klangmassage.se

Schweiz
Peter Hess Akademie Schweiz
Helen Heule
Schützenhausstrasse 3
CH-9442 Berneck
Telefon: 0041 (0) 794649543
www.peter-hess-akademie.ch

Ungarn
Peter Hess Academy Hungaria
(Peter Hess Akadémia Magyarország)
Zsuzsa Radnai
Vizmellèk utca 8/C
H-9700 Szombathely
Tel. +36-3025 240 49
E-Mail: hangmasszazs@gmail.com
www.hangmasszazsterapia.hu

USA
Peter Hess Academy USA
Jana Hess
Uenzer Dorfstr. 71
D-27305 Uenzen
Tel.   +49 (0) 4252-93 98 09
E-Mail: info@peter-hess-academy.com